마탑의 사서

양인산 판타지 장편소설

ORIGINAL FANTASY STORY & ADVENTURE

dream
books
드림북스

마탑의 사서 5

초판 1쇄 인쇄 2017년 3월 16일
초판 1쇄 발행 2017년 3월 27일

지은이 양인산
발행인 오영배
기획 박성인
책임편집 황지희
일러스트 MJ
제작 조하늬

펴낸곳 (주)삼양출판사 · 드림북스
주소 서울시 강북구 도봉로 173
대표 전화 02-980-2112 **팩스** 02-983-0660
편집부 전화 02-980-2116 **팩스** 02-983-8201
블로그 blog.naver.com/dreambookss
출판등록 1999년 3월 11일 제9-00046호

ⓒ 양인산, 2017

ISBN 979-11-313-0447-1 (04810) / 979-11-313-0442-6 (세트)

드림북스는 (주)삼양출판사의 판타지 · 무협 문학 브랜드입니다.

ORIGINAL FANTASY STORY & ADVENTURE

양인산 판타지 장편소설

마탑의 사서 ⑤

dream
books
드림북스

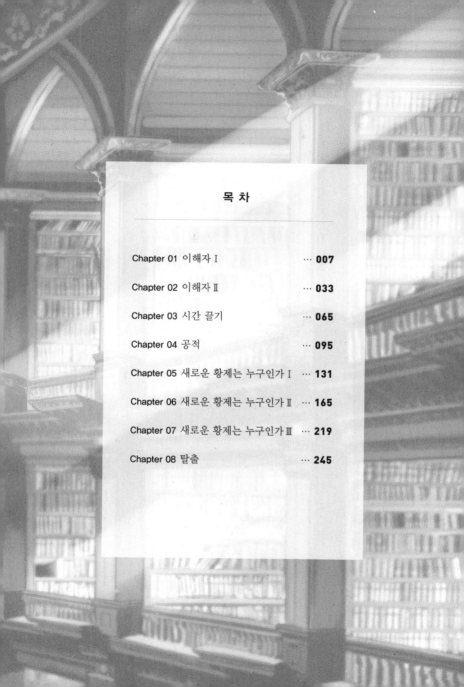

목 차

Chapter 01

이해자 I

＜바하족의 전사＞

바하족은 북부에서 가장 악명 높은 부족이며, 여러 부족 중 가장 계급 체계가 확실히 나뉜 곳이기도 하다.

바하족은 늑대의 모피 색에 따라 보직과 계급이 나뉜다. 흑색은 전사, 갈색은 주술사, 회색은 정예 전사이다. 흑색이 가장 하급이고, 갈색은 중간계급, 회색은 상위계급이다.

—『북부의 야만족』15p 발췌—

＊　　　＊　　　＊

바올라 제국의 황성이 갑자기 시끄러워졌다. 황제가 갑자기 쓰러진 까닭이다. 밖으로 이 소식이 새어 나가는 것을 막기 위해 모든 신하들에게 함구하라고 했지만, 이미 장내에 소문은 퍼지고 퍼진 상황이다.

사람의 입으로 전해지는 모든 소문이 그렇듯 막는다고 해서 막을 수 있는 게 아닌 것이다.

지금은 수도에만 이 소식이 알려졌지만, 곧 이 소식을 들은 상인, 용병, 여행자들을 통해 삽시간에 전국으로 퍼지게 될 것이다.

'아바마마의 병세가 날로 악화되는구나.'

아무리 좋은 약을 먹여도 병세가 나아질 기미는 보이지 않았다. 그렇게 정정하던 아버지가 며칠 새 야윈 모습을 보면 가슴이 아팠다.

뒤숭숭한 마음으로 자신의 침소에 들어온 가벨은 낯선 시종이 자신의 침대에 앉아 있는 모습을 볼 수 있었다.

침구류를 정리하려고 잠시 올라간 것이 아니라 마치 자신을 기다리는 듯한 모양새였다. 녀석은 가벨과 눈이 마주치자마자 손을 들었다.

"드디어 왔군."

"드디어 왔군?"

말이 짧다. 가벨이 인상을 와락 구겼다. 제아무리 시종이라도 면전에 대고 무시하는 이는 이자가 처음이었다.

가벨이 힘을 주어 녀석을 노려보는데, 그는 아무렇지 않게 자리에서 일어나 이곳저곳 돌아다니더니 물건들을 구경하며 자기 할 말을 했다.

"아이벤 대륙 전체에 위세를 떨치는 한 나라의 황제라도 병은 이길 수 없는 모양이야."

"내가 누군지는 알고 그 입을 놀리고 있는 건가? 설사 내 앞이 아니라도 함부로 하면 안 될 말을 하다니. 일개 시종 따위가 감히 그따위 말을 입에 담아?"

"지금 그게 중요한 게 아닐 텐데?"

"아주 날 대놓고 무시하기까지. 네놈이 제대로 실성했구나. 내가 누군지 몰랐다고 하더라도 여기가 누구의 침소인지는 알고 들어왔을 터. 유언을 남기려면 지금 남겨라."

가벨은 허리춤에 차고 있던 검 손잡이에 손을 올렸다. 녀석이 한숨을 내쉬며 고개를 저었다.

"그 전에 내가 누구냐고 물어봐야 정상 아닌가? 하여튼 넌 내가 생각한 그대로구나. 꼭 복면을 써야 내가 누군지 알겠나?"

복면이라는 말에 가벨이 그의 정체를 알 수 있었다. 늘

밤에 정원에서 몰래 만났던 그 검은 복면의 사내였다. 맨얼굴로 마주하는 것은 처음인 터라 몰라봤다.

"네놈이 실성했다는 건 알고 있었지만, 아주 제대로 실성했구나. 황성에 시종으로 위장 잠입까지 하다니."

"잠입하려고 꽤나 고생했지만 말이야. 어찌나 절차가 까다롭고 심사가 철두철미한지. 물론 뇌물을 쓰니 참 쉬워졌지만 말이야. 참 대단한 나라야. 아무리 황자의 밑에서 일할 시종이라고 해도, 돈만 쓰면 신원을 제대로 확인하지 않고 통과시켜 주니 말이야."

당사자가 뇌물을 써서 들어왔다는 말에 가벨이 인상을 찌푸릴 수밖에 없었다. 황성은 황족들이 머무는 거처다.

당연히 뽑히는 이는 신원이 확실해야 했다. 한데 그가 뇌물을 쓰고 들어왔다고 하니 기분이 나쁠 수밖에 없었다.

불미스러운 범행을 위해 이자처럼 뇌물을 써서 들어온 이가 있을 수 있다는 소리가 아니던가.

'내 황제의 자리에 앉으면 반드시 뇌물을 받아먹은 녀석들을 찾아 벌하리라.'

이것은 현 황실의 위험을 초래하는 행위이자 반역과 마찬가지다. 마음 같아서는 지금 당장 자신이 이 일을 진행하고 싶지만, 그럴 수가 없다.

자신에게 도움을 줄 이자까지 분명히 엮일 것이기 때문

이다. 지금 당장은 참고 훗날을 기약하기로 했다.

"빈틈을 찾아내느라 꽤 애를 먹었다. 어쨌든 이제는 위험을 무릅쓰지 않아도 널 찾아올 수 있게 되었다."

"황실은 언제나 눈과 귀가 열려 있다. 남들 앞에서 항상 말조심하는 게 좋을 게다."

"그건 마음에 안 들지만 감수해야 할 문제겠지. 걱정 마라. 남들 앞에서는 항상 예의를 차릴 테니까. 참, 그리고 날 너의 전속 시종으로 추천해라. 그래야 언제든 네 방에 출입할 수 있으니까."

"멋대로 몰래 들어와 놓고 말은 잘하는군."

가벨이 조롱하듯 말하자 그가 피식 웃었다.

"몰래 들어오다니. 난 당당히 들어왔다. 이렇게 들어온 것도 네 방을 청소하던 시녀에게 내가 대신 일하겠다고 해서 온 거니까."

"전속 시녀를 대신해서라고? 혹여 그녀에게 무슨 짓을 한 건 아니겠지?"

"괜히 소란스럽게 만들 생각은 없고, 네놈이 걱정하는 그런 일도 없었으니 안심해라. 내가 대신 한다니까 아주 고마워하면서 내 뺨에 키스를 하더군. 너무 쉽게 들어올 수 있어서 당혹스러울 정도였다."

평소 가벨이 아랫사람을 대하는 행실이 어땠는지 알 수

있는 좋은 기회였다.

씨익 웃는 것이 상당히 기분 나쁘게 느껴졌다. 눈빛뿐만 아니라 얼굴 전체를 보아서인지 복면을 쓰고 웃는 것보다 기분이 나빴다.

"그리고 이제부터 날 가론이라고 불러라."

"가론?"

"내 이름이다. 물론 본명은 아니지만."

"참으로 천하고 흔한 이름이로구나."

"가장 무난한 이름이기도 하지."

딱히 자신의 이름이 아니기에 신경 쓰지 않는 것인지 가론이 고개를 휘휘 저었다.

"주군께서 네게 서신을 보냈다."

가론이 서신을 내밀었다. 가벨이 서신을 뜯어 읽었다. 그리고 눈이 휘둥그레지면서 부들부들 떨었다. 그의 얼굴이 순식간에 빨갛게 물들었다. 그는 분노하고 있었다. 그가 소리쳤다.

"아바마마의 병세를 악화시키라니. 제정신으로 하는 소리인가!"

"현 황제는 앓아 침실에 누워 있다. 그리고 아루스 황자는 세기어 왕국의 사절로 갔지. 일생일대의 기회가 아닌가?"

"기회? 무슨 기회 말이더냐!"

"네가 황제에 오를 수 있는 기회."

"……."

큰 소리로 소리치던 가벨이 침묵했다. 황제에 오를 수 있는 기회. 그 말에 그가 멈칫한 것이다.

가론이 그 모습을 보고 피식 웃더니 유리병을 그에게 던졌다.

"내 주군께서는 이것을 황제에게 꾸준히 먹이라고 했다. 그저 너는 이 약을 황제에게 먹이면 된다."

가벨이 그것을 받아 들었다.

"무슨 약이지?"

"나도 모른다. 하나 주군께서는 이 약이 제대로 효과를 발휘하면 네가 황제에 오를 수 있다고 했다."

그 말을 들으니 결코 인체에 유익한 것은 아니라고 생각했다.

'그런 것을 할 수 있을 리가! 하나…….'

이것을 먹이면 황좌에 앉을 수 있다. 지금까지 자신을 깔봤던 모든 이들의 위에 군림하게 되는 것이다.

가벨의 눈은 아버지에 대한 걱정과 황제가 될 수 있다는 야욕 사이에서 크게 흔들리고 있었다.

　　　　＊　　　　＊　　　　＊

덜컥!

여관 내부의 문이 닫히며 검은 로브를 입고 입이 뾰족 튀어나온 가면을 쓴 의사가 나왔다.

그 앞에 가만히 서 있던 이바나는 걱정스러운 얼굴로 물었다.

"발렌은 괜찮나요?"

갑자기 눈물을 보이고 의욕을 잃은 발렌. 이바나는 즉시 여관으로 와서 그를 방에 눕혀 놓고 의사에게 증상을 확인하도록 했다. 사제를 부를 수 없어 급한 대로 이 근방에서 이름 있는 의사를 부른 것이다.

"잠시 안정을 취하면 될 것 같습니다. 딱히 병에 걸린 것도 아니고, 제대로 질문에 대답할 수 있으니까요."

"갑자기 왜 저러는 걸까요?"

이바나는 이것이 가장 이해가 되지 않았다. 분명 마차에서 내릴 때까지만 해도 잔뜩 들떠 기뻐하고 있었는데, 어느 순간 갑자기 넋이 나갔다. 마치 심한 일을 당한 사람처럼 말이다.

"혹시 환자분은 감정의 기복이 심한 편입니까?"

"딱히 그런 것 같지는 않아요. 그는 우울증도 없는 것으로 알고 있어요."

"하기야, 위저드급 마법사라면 우울증에 걸릴 일도 없겠죠."

마법사가 우울증에 걸린다고 말하다니. 의사는 그럴 리가 없다며 어깨를 으쓱였다. 이바나는 조용히 생각했다.

'딱히 그런 것도 아닌데.'

제아무리 강인하고 심지가 굳은 사람이라도 마음의 병에 걸릴 수밖에 없었다. 겉으로 드러나는 상처야 참을 수 있다지만 마음의 병은 마법사나 기사라고 해서 걸리지 않는 게 아니기 때문이다.

여기서 마나를 다루지 않는 평범한 자들의 오해가 드러난다. 그들은 육체적으로나, 심적으로나 강인한 자들이라는 착각.

사실 딱히 그렇지는 않다. 마법사나 기사들도 사람인 이상 마음의 병을 얻을 수 있기 때문이다.

"어쨌든 조울증이나 우울증이 아니라면 이유를 전혀 찾아볼 수 없군요. 무슨 일이 있었는지는 잘 모르겠습니다. 본인은 그저 잠시 혼자 있고 싶다는 군요. 분명 뭔가에 의해 보인 행동 같은데⋯⋯."

옆에서 지켜보던 이바나도 잘 모르는데 오늘 처음 발렌을 만난 의사라고 알 리가 없었다.

"본인이 말하기 전까지는 알아낼 방도도 없고, 알아낸다 하더라도 본인이 털고 일어나지 않는 이상 제가 할 수 있는 것이 없습니다."

겉에 보이는 상처는 의사가 임시방편으로 약을 처방하거나 해 줄 수 있지만, 마음의 상처는 그 누가 와도 낫게 해 줄 수 없다.

분명 뭔가가 있지만, 발렌이 굳게 입을 닫고 있으니 물어볼 수도 없는 상황.

"환자분이 쉴 수 있도록 해 주시고, 우발적인 행동을 하지 않도록 항상 상태를 확인하는 게 최선의 방법입니다."

이바나가 고개를 주억였다. 옆에 있던 안내인이 의사에게 돈을 지불하고 돌려보냈다. 의사를 돌려보낸 후, 이바나가 안내인에게 말했다.

"안내인님. 발렌이 혹시 이상한 행동을 보이지 않도록 봐 주세요. 저도 같이 할 테니까요."

"예, 엘로이 님."

*　　*　　*

한편, 방 안 침대에서 이불을 뒤집어쓴 채 누워 있는 발렌은 눈을 감고 계속해서 생각하고 있었다.

'실린더는 확실히 전투에 쓰기에 적합하지만, 뭐라고 할까. 주 무기로 사용하기 힘들어.'

1초가 아쉬운 전투 상황에서 1분이라는 장전 시간은 너무 비효율적이었다. 위력은 강력했지만 그 사이에 집중적으로 공격을 받을 수 있다는 취약점이 있었다.

'여러 개를 들고 다녀야 하나?'

빗나갈 것까지 생각해서 여러 개를 더 공수하는 것도 나쁘지 않을 것 같았다.

'가장 큰 문제는 나머지 바하족 전사들인데……'

백 명 정도의 바하족 전사를 어떻게든 막아야했다. 그 정도 숫자가 드워필리지를 습격한 것은 본격적인 전쟁을 치르기 전 세기어 왕국의 대응 능력을 살펴보기 위함일 것이다.

드워필리지에서 수도까지 도로를 타고 고작 세 시간. 마차를 타고 왔을 때의 시간으로 세 시간이다. 급히 온 것도 아니고 천천히 왔기 때문에 걸어간다고 해도 반나절이면 충분히 도착할 거리이다.

'그들이 노리는 최종 목표는 바이레드의 왕성이겠지.'

속전속결로 드워필리지를 빠르게 장악하고, 합류한 나머지 전사들이 일제히 왕성을 공격한다.

충분히 있을 법한 일이다. 하지만 어떻게 보면 그들의 공격은 너무 허무맹랑해 보였다.

최소 1,000명이 넘는 바하족이라고 하더라도, 그 전체가 공격해 성벽 하나를 장악할 수 있을까 싶다.

'아니지. 드워필리지 외부도 성벽으로 둘러싸여 있어. 그런데 그들은 성벽 밖에서 공성을 하지 않고 내부에서 공격을 가했다.'

그들이 성벽 밖에서 공격을 했더라면 발렌이 죽고, 이바나가 죽을 일은 없었을 것이다.

만약 성벽 밖에서 쳐들어온 것이라면 병사들이 공성을 하여 주민들을 피신시킬 시간을 벌었을 테니까.

그러나 병사들은 바하족이 드워필리지를 유린하고 있을 때 나타나서 바삐 피신시켰다. 피신시킬 만한 시간이 없을 정도로 그들의 습격이 뜻밖이었다는 뜻이다.

갑작스러운 기습이었기에 엄청난 피해를 야기했다.

발렌이 저번 리셋 때 이 사실을 알리자 검문이 강화되고 성벽에 병사들을 배치했는데 결과는 같았다. 그들이 내부로 들어올 비밀 통로를 알고 있거나, 오래전부터 공격을 위해 잠입해 있었을 것이다.

'뭐가 어찌 되었든 그들은 성 내부로 들어와 있고, 공격을 한다는 뜻이다. 결국 그것만큼은 확실하지.'

그들이 어디서 먼저 공격해 오는지 모르니 그들의 이동

경로에 매복을 할 수도 없다.

'복잡하다.'

발렌은 결국 생각을 포기해 버렸다. 방도가 없어 답답했다. 그는 결국 해결하기 힘든 고민에 빠져 심적으로 지쳐 잠이 들었다.

*　　*　　*

저녁이 되자 발렌이 눈을 떴다. 그는 아직 잠이 덜 깬 상태로 세면을 하고 식당으로 왔다. 식당에 오니 안내인과 이바나도 그를 맞이했다.

"잘 잤어?"

이바나는 미소를 지어 주었다. 밖이 어두운 것을 보니 아직 저녁인 모양이었다.

"예, 이바나 씨."

"몸 상태는 어때?"

"자고 일어났더니 좀 괜찮아진 것 같아요."

발렌이 애써 웃으며 고개를 끄덕였다. 잠은 푹 잤지만 여전히 지친 얼굴이라는 건 이바나도 보면 알았다. 그러나 애써 그에 대한 말을 하지 않았다.

"점심을 걸러서 배고플 텐데, 자리에 앉아."

"예, 이바나 씨."

발렌이 의자를 끌어 그들과 함께 앉았다. 미리 식사를 주문했던 모양인지 음식들이 차려졌다.

발렌의 몸 상태를 생각해서인지 이 나라에서는 비싼 샐러드와 스프가 나왔다.

여전히 기름진 것은 변함이 없지만, 그나마 덜 느끼한 것들이었다.

발렌이 스프를 한 스푼 떠서 입에 가져다 댔다. 입맛은 별로 없었다. 그러나 그는 억지로 음식을 꾸역꾸역 입 안으로 집어넣었다.

바하족과 싸우기 위해서는 조금이라도 체력을 보존하고, 채울 필요가 있다. 발렌이 식사하는 모습을 보던 이바나가 그에게 물었다.

"너 어디 싸우러 가니? 먹는 게 왜 그렇게 비장해?"

딱히 틀린 말은 아니라서 찔끔한 발렌이 억지웃음을 지으며 대답했다.

"기운 좀 차리려고요."

그는 일단 꾸역꾸역 먹었다. 음식이 입으로 들어가는지, 코로 들어가는지 모를 정도로 억지로 욱여넣었다.

그런 그의 모습 때문인지 이바나의 얼굴에는 여전히 걱정스러운 표정이 가시지 않았다.

발렌은 식사 예절도 신경 안 쓰고 먹으면서 어떻게 이바나를 구하고, 바하족을 섬멸할지 머릿속으로 그렸다.

이바나를 구하는 것은 어딘가로 대피시키면 해결될 일인데…… 문제는 바하족이었다.

그들을 이길 좋은 방도가 머릿속에 떠오르지 않는다. 아무리 궁리해도 결국에는 벽이 나타났다.

혼자서 그들을 섬멸할 수 없으니 병사들의 힘을 구해야 하는데, 뜻대로 되지 않는다.

'세기어 왕국과 전쟁을 치르려고 하는 녀석들이다. 분명 내가 본 녀석들이 전부는 아니겠지.'

드워필리지를 장악하려면 그보다 더 많은 수가 왔을 것이다. 그들이 멍청한 녀석들이 아니라면 그 병력으로는 어림없다는 것을 잘 알 것이다.

신생국가라고 하더라도 이 나라는 엄연히 정규군이 존재하는 나라다. 한 나라를 상대로 싸우기 위해서 분명 대비책도 있을 것이다.

"발렌."

"예, 이바나 씨."

"무슨 생각을 그렇게 해?"

계속 생각을 하면서 먹다 보니 자신도 모르게 음식을 흘리면서 먹고 있었다. 발렌의 자리는 벌써 그가 흘린 음식으로 엉망진창이 되었다. 심지어 그의 옷에도 스프가 묻어 있었다. 발렌이 미소를 지었다.

"잠시 넋을 잃었네요. 죄송해요."

서빙을 하던 직원을 불러 식탁을 닦아 달라고 부탁하고, 천으로 옷에 묻은 스프를 대충 닦았다. 옷이야 여러 벌 있으니 식사 후에 갈아입으면 될 일이다.

'역겨워.'

애써 웃으며 식사를 하는 것 자체가, 심정을 숨기는 게 마음대로 되지 않았다. 숨기려고 하면 할수록 자신의 가식에 역겨움을 느꼈다.

드워필리지 방문 마지막 날, 혹은 그 전날 또다시 녀석들의 손에 죽을 이바나의 모습이 머릿속에 그려진다.

이 모든 상황이 역겹다. 왜 이런 빌어먹을 상황을 연이어 겪는 것인지, 앞으로도 겪어야 하는 것인지. 보나바르의 저주가 너무나 싫었다.

그는 억지로 음식을 입에 욱여넣다가 자리를 박차고 일어나 어딘가로 달려갔다.

갑작스러운 행동에 깜짝 놀란 안내인이 재빨리 그의 뒤를 따라갔다. 이바나도 뒤늦게 자리에서 일어나 그들이 향한 방향으로 향했다.

발렌이 간 곳은 여관 밖에 하나 있는 나무였다. 그가 나

무기둥에 손을 댄 채 음식을 게워 내고 있었다. 안내인은 그의 등을 두들겨 주고 있었다.

＊　　　＊　　　＊

결국 발렌은 먹던 것을 전부 게워 내고서 아무것도 입에 넣지 못했다.

다음날이 되어 이바나와 안내인이 공방에 다녀올 때도, 그는 안정을 취한다는 이유로 홀로 침대에 누워 있었다.

이를 걱정하고 있던 안내인과 이바나는 서로 대화를 나누고 있었다. 발렌의 상태가 영 좋지 않으니 일정을 변경할 필요가 있어 보인 것이다.

"오늘이라도 바이레드로 돌아가는 게 좋지 않을까요?"

"저도 그렇게 생각합니다. 드워필리지 방문을 고대하신 발렌시아 님께 죄송한 이야기입니다만 그게 맞는 것 같습니다. 문제는 오늘 밤 눈보라가 몰아칠 확률이 크다는 겁니다."

"눈보라요?"

이바나가 고개를 갸웃거렸다. 눈이라고는 조금도 내리지 않고 맑은 하늘인데 눈보라가 내리기에는 현실성 없어 보였기 때문이다.

"세기어 왕국 사람들 대부분이 바덴교를 믿기 때문에 눈에 대해 예민합니다."

설원의 신인 바덴을 믿는 자들은 눈이 오는 날씨 한정으로 예측이 가능했다. 신성력을 가진 사제들이 가장 예민한데, 아주 드물게 바덴을 믿는 민간인들도 예측을 할 수 있다는 모양이다.

안내인도 바덴교를 믿는 진실한 신자이기에 눈보라가 내릴 것을 알고 있던 것이다.

"아마 수도는 지금쯤 눈보라가 몰아치고 있을 확률이 높습니다. 왕성으로 되돌아가는 일정을 내일 정오쯤으로 바꾸는 게 좋을 듯합니다."

내일 정오도 조금 빡빡한 경향이 있었다. 정오에 눈을 다치울 수 있을지 없을지 잘 모르기 때문이다.

"발렌이 괜찮아진다면 상관없지만, 내일까지 저 상태라면 최대한 빨리 가는 게 좋겠죠."

조금 무리해서라도 돌아갈 생각을 가지고 있는 이바나. 안내인도 동감한다는 듯 고개를 주억였다. 결국 내일 왕성으로 되돌아가기로 결정이 난 그들. 그때 발렌이 방문을 열고 밖으로 나왔다.

"발렌, 몸은 좀 어때?"

이바나가 물어보자 그가 어색하게 웃었다.

"괜찮아졌어요."

그렇게 말하고 어딘가로 향하는 발렌. 그가 향하는 방향은 헛간도 아닌 여관 밖이었다.

"어디 가려고?"

"바람 좀 쐬고 올게요."

"같이 가겠습니다."

안내인이 따라오겠다고 하자, 발렌이 고개를 저었다.

"혼자 생각할 게 좀 많네요. 머리를 식히고 올게요."

발렌이 나가려고 하자 이바나가 걱정스러운 듯 계속 그를 바라본다.

발렌은 그녀를 안심시키려고 옅게 미소를 지었다.

"걱정하지 마세요. 아무것도 안 하니까요."

그가 밖으로 나갔다.

이바나는 발렌의 뒷모습을 가만히 지켜보다가 때마침 식당에서 식사를 마친 한 남자를 보고 붙잡았다. 수많은 전투를 치르며 난 것 같은 방어구의 생채기들. 보아하니 용병인 것 같았다.

"죄송하지만 용병이신가요?"

"그렇습니다만?"

용병이 이바나를 살펴본다. 세기어 왕국의 사람은 아니고 다른 나라에서 관광을 온 귀족 같았다.

"방금 나간 남성을 보셨죠? 갈색머리의 20대 초중반의 청년이요."

"예."

용병이 고개를 주억였다. 그녀가 다행이라는 듯 자신의 돈주머니에서 금화 하나를 꺼내 용병의 손에 쥐여 주었다.

"그를 미행해 주세요. 혹시 그가 무슨 짓을 하려고 하면 말려서 끌고 와 주세요. 그리고 무엇을 하는지 몰래 지켜본 후, 돌아와서 보고해 주세요. 사소한 것까지요."

갑작스러운 의뢰에도 용병은 당황하지 않은 것 같았다. 필요에 의해 용병을 고용하려는 자는 어디든 있기 때문이다. 그게 위험한 일인지 아닌지 판단하고 의뢰를 승낙할지는 용병의 자유다. 다행히 이 용병은 거절하지 않았다.

딱히 나쁜 일을 벌이려는 것도 아니고, 무엇보다 그녀가 건네준 돈의 액수가 어마어마했다.

무려 1골드. 1골드짜리 의뢰는 고블린 열 마리를 잡아야 얻을 수 있는 거금이다. 하루 만에 다 잡을 수 있는 것도 아니고, 여러 명이 뭉쳐서 잡아야 하기에 당연히 그 액수를 나눌 수밖에 없다.

그런데 별로 위험할 것 같지도 않은 일에 무려 1골드다. 거금을 주었으니 거절할 이유가 없었다. 용병이 잽싸게 금화를 자신의 돈주머니에 넣고 자신의 가슴을 두드렸다.

"알겠습니다. 맡겨만 주십시오."

"그는 별것 아닌 것처럼 보여도 위저드급 마법사라서 감이 예민해요. 조심히 뒤를 밟아 주세요."

"염려 붙들어 매십시오. 제게는 매우 쉬운 일입니다."

용병이 자신 있다는 듯 곧장 여관 밖으로 뛰어 발렌을 추적했다.

*　　　　*　　　　*

드워필리지 중앙 광장으로 나온 발렌. 후드를 뒤집어쓴 그가 숨을 내쉴 때마다 입김이 뿜어져 나왔다.

그는 근처를 지나던 우체부를 멈춰 세우더니 대뜸 서신을 꺼냈다.

"이 서신을 드워필리지에 주둔하고 있는 병영으로 전달해 주십시오."

"예?"

"급한 일입니다."

발렌이 주머니에서 주섬주섬 돈을 꺼내 우체부에게 건네주었다. 그가 가지고 있는 은화 하나를 우체부의 손에 쥐여 주었다.

"아, 아무리 그래도 이런 거금을 어째서……."

"정말 급한 일이기 때문입니다. 오늘 안으로 가능하겠죠?"

우체부가 고개를 주억였다. 배달을 하는데 돈을 이렇게 많이 주는 경우는 지금까지 없었다. 게다가 이 우체부는 은화를 본 것 자체가 처음이었다.

멀리 떨어져 있지 않은 곳이니 교통비로 써도 충분히 남는 돈이다. 이런 거금을 주다니. 그저 전달해 주기만 하면 되는 간단한 일이기에 우체부는 은화를 소중히 품속에 넣었다.

"예, 물론입니다. 오늘 안으로 전달하도록 하겠습니다."

발렌이 고개를 끄덕이자 우체부가 재빨리 사라졌다.

'됐어. 이번에는 바하족이 온다는 것을 알렸으니 분명 그들을 상대하기 더 적합하도록 방비를 갖추겠지.'

저번에는 그들의 정체를 모르는 상태로 제보를 했지만 이번에는 다르다. 이번에는 정체불명의 세력이 아닌 '바하족'이라고 분명히 언급을 했고, 그들이 드워필리지 도심을 습격할 것이라고 제보를 했다.

세기어 왕국민이라면 다 아는 바하족. 오죽했으면 울던 아이도 바하족이 잡아간다고 그러면 뚝 그친다고 할 정도로 무서운 존재다.

정체불명의 세력이 아니라 특정한 세력을 말하면 그들도

그에 대비하여 병력을 준비해서 오지 않겠는가.

리셋을 할 때마다 병력들은 자신의 서신을 믿고, 빠르게 대응했다. 야만족의 침략이 잦아, 예전부터 주민들이 낌새를 알아채고 신고한 적도 많다는 모양이다.

세기어 왕국은 야만족의 침략이 잦아 항상 경계심을 갖고 있으며 제보를 하면 조사를 위해, 그리고 이를 막기 위해 병력들이 움직인다는 모양이다.

상당히 체계적으로 되어 있는 모양이라 감탄할 정도다.

바올라 제국과는 다르게 세기어 왕국은 이에 민감한 것이다. 그만큼 야만족들에 대한 두려움과 공포가 제대로 각인이 되어 있고 문제가 심각했다는 걸 말하는 것이리라.

'이제 내가 갈 곳은⋯⋯.'

발렌이 발길을 옮겼다. 그가 다음으로 향한 곳은 포드의 대장간이었다. 불이 꺼지고 인기척까지 없어 아무도 없는 것처럼 보이는 집이지만, 지금 이 시간이면 포드는 분명 집에 있을 것이다.

발렌이 주위를 둘러보았다.

포드는 빚쟁이에게 시달린다. 근방에 빚쟁이가 없는 것을 확인하는 것이다.

사삭!

누군가가 재빨리 골목길로 사라졌다. 발렌은 고개를 갸

웃거리다가 이내 신경을 끄고 포드의 대장간 문을 두드리
고⋯⋯.

"뭐야, 미안하지만 땡전 한 푼 없으니까 찾아와도 소용
없다고. 얼른 가."

포드의 목소리가 안에서 들려왔다.

Chapter 02

이해자 II

나를 사랑하고, 나를 이해하고, 나를 위하지만 때로는 싸우고, 나를 위해 따끔한 말을 해 주고, 옆에 든든하게 있어줄 수 있는 존재. 그것이 진실한 벗이다.

　　　—어떤 이의 말—

　　　　　　*　　　*　　　*

　　발렌을 빚쟁이로 알고 문을 열지도 않고 안에서 대답하는 포드. 평소 같았으면 웃었을 발렌이지만, 그는 문 가까이에 대고 말했다.

"실린더를 구입하려는 사람인데요."

"실린더를? 혹시 공방에서 온 사람인가!"

포드의 대장간 문이 활짝 열렸다. 미리 한 발 물러서지 않았으면 문에 박을 뻔했다.

분명 공방 정문에서부터 문전박대를 당했지만 뒤늦게 가능성이 알려지면서 공방에서 보낸 이가 온 것은 아닐까 잔뜩 기대한 것이리라.

그러나 문을 연 포드는 곧 실망감 어린 표정을 지었다.

아무리 봐도 공방에서 온 사람이 아니라 외지인이었기 때문이다. 혹시 빚쟁이가 아닐까 의심하는 눈치도 조금 있었다.

"무슨 용무야?"

다른 일행 없이 홀로 방문한 것을 보면 빚쟁이도 아닌 것 같았다.

"혹시 상인인가?"

자신이 개발한 마도구의 가능성을 알아차린 상인이 아닐까 기대도 품었다. 그러나 야속하게도 발렌은 상인이 아니었다.

"죄송하지만, 상인은 아닙니다. 개인적으로 실린더를 몇 개 구입할까 해서 왔으니까요."

"어휴."

포드가 한숨을 내쉬었다. 포드는 몇 개만 구입한다고 해서 자신을 찾아온 손님을 쫓아낼 만큼 야박한 드워프가 아니었다. 거기다 빚더미에 앉아 한 푼이라도 더 벌어야 하는 상황이었다.

"일단 들어와."

포드가 그를 안으로 들인 뒤, 자리에 안내해 주었다.

알벤드 차를 내온 포드. 차를 반쯤 마셨을 때, 포드가 먼저 입을 열었다.

"한데 실린더를 구하려고 하다니. 지금까지 개인적으로 구입하려는 사람은 없었는데 말이야."

"실린더에 대한 소문을 들어서요."

"세간에 좋게 들린 소문은 아닐 텐데. 그저 호기심으로 찾아온 거라면 험악한 소리 나오기 전에 가는 게 좋을 거야."

그저 호기심이나 혹은 그를 조롱하기 위해 온 자들도 꽤 있기에 포드는 처음부터 이를 경고하고 있는 것이다. 무엇보다 그의 옷차림은 세기어 왕국 사람의 것이 아니어서 더욱 의심이 되었다.

"보아하니 외국인인 거 같은데. 어디에서 온 거지?"

"바올라 제국 사절단의 수행인으로 왔습니다."

"바올라 제국? 거긴 모든 나라 중에 연금술사를 가장 천대하는 나라 아닌가?"

연금술사를 가장 천대하는 나라에서 온 자가 마도구를 구입하려고 하다니 이해가 가지 않았다. 물론 바올라 제국도 마도구가 있으면 쓰기는 한다고 들었지만, 굳이 구입하려고 드는 나라가 아니기에 의아할 수밖에 없었다.

보기 드문 일이라서 포드는 의아한 눈빛을 보낼 수밖에 없었다.

"그렇긴 하지만 개인적으로 실린더의 가능성을 봤거든요. 드워필리지에 방문하고 우연찮게 들은 거지만요."

직접 실전에서 사용까지 해 봤기에 포드의 실린더가 얼마나 유용한 물품인지 이미 알고 있는 발렌이다.

장전하는 속도가 가장 큰 문제이기는 하지만, 그것을 제외하면 바하족을 상대로 강한 공격을 쓸 수 있는 무기이기 때문이다.

"실린더에서 가능성을 봤다고?"

"예. 제가 따라온 사람도 바올라 제국의 사람이기는 하지만, 그 사람은 주위에서 무시와 압박을 당해도 꿋꿋하게 마도구를 만드는 마법사거든요. 스스로 연금술사라고 하고 있지만요."

"바올라 제국에서 마도구를 만드는 마법사가 있다고?"

"예, 흔치 않은 일이지요."

그 사람이 그 유명한 세인브리트 마탑주의 손녀라고 하면 아마 기겁할 것이다. 발렌은 그 사실은 숨기면서 계속 말을 이어 나갔다.

"저는 그 사람과 함께 지내면서 여러 신기한 물품을 보았고, 또 세기어 왕국에 와서 편리하게 생활하는 사람들을 보며 마도구에 대한 편견을 싹 날렸습니다. 그런 와중 포드 씨의 마도구에 대한 소문을 들었고요."

포드는 여전히 신기하다는 듯 발렌을 뚫어져라 바라보았다. 그리고 조심스럽게 물었다.

"자네는 실린더가 어떻다고 생각하지?"

"말로 설명할 수 없을 정도로 굉장하다고 생각합니다. 아니, 분명 세상을 뒤바꿀 마도구를 만들었다고 저는 감히 말씀드리고 싶을 정도입니다. 시대를 앞서간 물품은 원래 알아주지 못하는 것 아닙니까."

"껄껄껄!"

포드가 껄껄거리며 호탕하게 웃었다. 지금까지 무시당했던 자신의 발명품이 칭찬받으니 기분이 좋았던 것이다. 그가 한 칭찬은 포드가 지금까지 원했던 칭찬보다 더한 것이었다.

"바올라 제국의 사람에게 마도구에 대한 칭찬을 듣다니.

지금까지 들었던 칭찬 중 가장 기분이 좋군."

"남들은 마법사가 아닌 자도 마법을 쓸 수 있는 무기를 개발했다니 허언 좀 그만하라고 조롱하고 있지만, 허언이 아닌 것 같으니 제가 미리 구입하려고요. 이 가치가 알려졌을 때 사려고 하면 값이 비싸진 상태일 테니까요."

"상인이 아니라고 해 놓고서 상인처럼 말하는군."

"딱히 어딘가에 팔려고 하는 건 아니니까요. 개인적으로 소장하려고 하는 거예요."

"그래. 그래서 몇 개 정도 구입하려고?"

"두 개를 구입하려고 합니다. 제가 지금 소지하고 있는 금액이 2실버가 전부거든요."

발렌이 돈주머니에서 은화 두 개를 꺼냈다. 이를 위해 이바나에게 돈까지 빌렸다. 의문과 걱정을 품는 이바나에게 거짓말을 하고 돈을 쓰는 것이 찔리지만 이 상황을 타개하기 위한 방법은 이것뿐이었다.

아티팩트와 두 개의 실린더라면 세 명의 주술사를 해치울 수 있다는 계산이 맞아 떨어진다. 제대로 명중한다면 말이다.

'이바나 씨의 실험품도 그랬으니까.'

장전이 오래 걸려 급한 대로 그녀의 실험품을 던졌으나 빗나가는 일이 발생했다. 그때 든 생각이 실린더가 하나 더 있었으면 장전할 시간을 단축할 수 있었을 텐데 하는 것이었다.

마법을 쓸 수 없게 만들었는데 마법과 같은 위력을 내서 그들이 얼마나 당황스러워했던가.

새로운 무기는 그들에게 공포심을 안겨 주었었다. 결과적으로 주술사 한 명을 이기지 못해 쫓기는 신세가 되었지만.

'이번에는 같은 실수를 반복하지 않아.'

바하족은 마법사를 가장 두려워한다. 마법을 쓸 수 없게 만들면 두려워하지 않지만, 마법사들을 자신들의 '적'이라고 말한 것을 보면 분명 두려워하는 것이리라.

이바나의 실험품 대부분은 공방에서 보여 주면서 사용해 두 개만 남아 있을 것이다.

"흐음……."

포드는 은화를 바라보더니 고개를 저으며 그에게 은화를 다시 건네주었다.

"그냥 가져가라."

"예?"

뜻하지 않은 말에 발렌이 의아한 시선으로 그를 바라보았다. 설마 자신에게 안 팔 생각인가 싶었다. 이런 경우는 지금까지 한 번도 없던 일이었기에 눈이 동그랗게 떠졌다.

포드가 자리에서 일어서며 창고로 보이는 쪽으로 들어가더니 한참 후 실린더 네 개를 들고 와 테이블 위에 올려 두었다.

"대가를 받지 않고 이것을 넘기도록 하지."

"어째서요?"

남이 무슨 의도를 가졌든 파는 것에 딱히 뭐라 안 하는 포드. 저번의 리셋 때도 포드는 그가 복수자의 눈을 가졌다고 말했으면서도 그에게 실린더를 팔았다.

그 생각을 가졌다면 지금도 변하지 않을 거라 생각했는데, 무슨 마음의 변화가 있었던 것일까. 도무지 이해되지 않는 상황인데 그가 이어 말했다.

"네가 직접 사용해서 그 용도를 사람들에게 소문내는 것이 조건이다."

뜻밖의 소리에 발렌은 의미심장한 얼굴로 그를 바라보았다. 포드는 실린더와 종이쪽지를 그에게 밀어 건네주며 다시 자리에 앉았다.

"자네의 눈빛을 보면 조만간 이 무기를 사용할 날이 있을 거라고 생각되니까."

그는 마치 다 알고 있다는 듯한 눈빛이다. 다년간 대장장이 일을 하면서 익힌 안목으로 그가 조만간 실린더를 사용하리라 판단한 것이다.

"안 좋은 일에는 사용하지 않을 거예요."

"그건 딱히 상관 안 해. 무기를 다루는 건 개개인의 마음
이니까. 그걸 일일이 생각하는 대장장이가 세상에 어디 있
겠나. 대장장이도 입에 풀칠을 하려면 일단 팔아야 되는 것
을. 오히려 고작 네 개를 주고 입소문이 타서 유명해지면
나야 좋은 일이지."

포드는 씩 웃으며 이미 식은 알벤드 차를 입 안으로 털어
넣었다. 발렌이 잠시 넋을 잃고 그를 바라보다가 곧 미소를
지으며 실린더를 잡았다.

"고마워요."

"고마우면 입소문이 확실히 타도록 소문을 내라고. 사용
법을 그 쪽지에 적어 뒀으니까 유용하게 쓰고. 참, 그리고
마정석 가루도 그 안에 집어넣었으니 유용하게 사용하라
고."

발렌이 고개를 끄덕이며 자리에서 일어나 테이블 위에
올려 두었던 은화를 다시금 돈주머니에 넣었다.

"그럼 전 이만 가 볼게요. 차 잘 마셨어요."

"그래. 곧 눈보라가 몰아칠 테니까 얼른 뛰어가."

포드는 고개를 끄덕이며 자리에서 일어나지 않았다. 발
렌은 그의 말을 듣고 눈보라가 곧 시작될 시간임을 깨달았
다. 지금 여관으로 간다면 심해지기 전에 아슬아슬하게 도

착할 것 같았다.

그는 재차 감사하다고 인사하며 곧 밖으로 나왔다. 그는 자신의 손에 들린 실린더들을 바라보며 웃었다. 이 정도 양이면 충분하다 못해 넘쳤다.

'없는 것보다 낫지.'

몇 개 더 있다고 손해는 아니라고 생각한다. 많으면 많을수록 좋다. 게다가 마정석 가루를 넣고 장전 준비가 끝난 실린더도 포함되어 있다. 그는 자신감이 차올랐다.

'그럼 이제는 이바나 씨의 안전이로군.'

자신이 또 실수하지 않기 위해 그녀를 피신시킬 방법에 대해 돌아가는 내내 생각을 짜 냈다.

＊　　　＊　　　＊

여관에 도착하고 저녁이 되니 한 치 앞을 볼 수 없을 정도로 눈보라가 강해졌다. 조금이라도 늦었으면 여관에 찾아오지 못했을 것이다.

발렌은 머리와 옷에 내려앉은 눈을 털어 내며 안으로 들어왔다.

"꽤 늦었네?"

발렌이 들어오자 이바나가 턱에 손을 괴고 그를 바라보

고 있었다. 여관을 나서기 전 앉아 있던 그 자리에 있는 것을 보니 계속 자신을 기다린 것 같았다.

꽤 오랫동안 밖에 있었는데 그 자리에 그대로 앉아 있는 것을 보니, 걱정을 끼쳤다는 생각이 이제야 들었다.

"이바나 씨. 안내인님. 절 기다리신 건가요?"

이바나가 살짝 자신을 노려보다가 한숨을 내쉬었다. 팔짱을 끼고 다리를 꼬고 앉아 있는 것을 보니 화가 나 있는 것도 같았다.

"그래. 말도 없이 혼자 밖에 나가고. 얼마나 걱정했는지 알아?"

실제로 말도 날이 서 있었다. 발렌이 고개를 숙였다.

"죄송해요."

"됐어. 무사히 돌아왔으니까."

그녀가 스스로 걱정했다고 말하는 건 좀처럼 없는 일이다. 그만큼 자신의 상태를 걱정했다는 뜻이다.

"이바나 씨."

"왜?"

"드릴 말씀이 있어요."

"뭔데?"

"지금 당장 왕성으로 돌아가세요."

결국 그가 생각한 가장 안전한 방법은 이것이었다. 왕성으로 돌아가라는 것. 이바나의 안전을 확실히 할 수 있는 방법은 왕성에 있는 것뿐이었다.

"갑자기 왜?"

"아무 말씀 마시고요."

그 연유를 말해 주지 않아 이바나가 상당히 의아하다는 표정으로 그를 바라본다.

그가 이렇게까지 막무가내로 말하는 경우는 지금까지 없던 것 같은데…… 도대체 왜 이렇게까지 하는지 이해하기가 힘들었다.

"마치 넌 여기에 남겠다는 듯 말한다?"

"……."

"이유가 있을 텐데. 그 이유가 뭐야?"

이유라도 알고 싶어 이런 말을 하는 연유를 묻는 이바나. 그러나 발렌은 그 사실을 말할 수 없었다. 믿을 수 없는 얘기이기 전에 그녀가 죽을 거라는 말을 하고 싶지 않았다.

"제가 말하는 대로 따라 주세요. 지금 당장 왕성으로 돌아가세요."

고집을 부리면서 왕성으로 돌아가라고 계속 말하는 발렌. 그의 막무가내식 제안에 이바나는 슬슬 짜증이 나고 있었다.

안 그래도 멋대로 나가고, 눈보라까지 치려고 하는데 밖에서 돌아다니고 있던 발렌이다. 수행인으로서의 임무를 내팽개친 것은 그가 임시 수행인이고, 자신과 친하니 그러려니 하고 넘어가 줄 수 있다.

하지만 너무 멋대로 행동하고 말하는 것은 충분히 화를 낼 일이다.

"도대체 왜 그러는 건데? 이유라도 묻자!"

"아무것도 묻지 말아 주세요. 이건 이바나 씨를 위한 일이에요."

"도대체 왜 이유를 묻지 말라는 건데! 왜 네가 할 말만 하는 건데? 도대체 왜!"

큰 소리가 오가기 시작했다. 여관에 머물며 식사를 하던 사람들의 시선이 그들에게 꽂힌다. 안내인은 말리고 싶은데, 그들의 상태를 보아 절대 쉽게 끝날 것 같지 않았기에 우물거리고 있었다.

"자, 잠시 자리를 피해 있겠습니다."

결국 안내인은 눈치를 살피다 도망치는 걸 택했다. 괜히 불똥이 자신에게 떨어질 것 같자 자리를 피해 버린 것이다.

안내인이 자리를 피하고서도 그들의 언쟁은 계속됐다.

발렌은 이바나에게 드워필리지 밖으로 나가 왕성으로 돌아가라고 하고, 이바나는 그 연유에 대해서 자꾸 묻고 있었다.

서로 물러날 기미가 없으니 자연스럽게 큰 소리가 오가게 되었다.

"우체부에게 무슨 서신을 건네고 괴짜 포드? 그 사람의 대장간에 방문해 뭔가를 구입해서 왔다는데, 그것과 관련 있는 거지?"

"절 미행한 건가요?"

그러고 보니 포드의 집 앞에서 자신이 주위를 둘러보니 갑자기 옆으로 숨듯이 사라진 사람이 있었다는 걸 기억해냈다.

그때는 딱히 개의치 않는데 지금 생각해 보면 이바나가 자신을 미행하기 위해 보낸 사람이었던 모양이다.

"그래 너에게 사람을 붙였어. 네가 돌발 행동을 할까 봐. 보고 들은 내용 중에 의문이 드는 게 한두 가지가 아니지만 그것을 알기 전에 설명부터 들어야겠어. 왜 나는 왕성으로 돌아가고, 너는 남으려는 건데?"

"그냥 제 말에 믿고 따라 주시면 안 돼요?"

"응, 안 돼. 지금 네가 막무가내식으로 행동하는 이유부터 알아야겠어."

이바나는 이 문제만큼은 양보하지 않을 생각이었다. 계속 혼자서 뭔가를 고민하고, 두서없이 왕성으로 가느니 마느니. 이제는 답답해서 아예 캐물을 생각이었다.

'알아줄 거란 생각은 하지 않았어.'

답답한 것은 발렌도 마찬가지다. 지금까지의 자신을 안다면 이렇게까지 행동하는 것에 이유가 있고, 아무 말 없이 따라 주면 될 텐데, 괜히 어린애처럼 고집을 피우느라 답답하게 군다는 생각까지 하고 있었다.

"절대로 그냥 안 넘어가. 네가 무슨 생각을 하고 있는지, 그 연유는 무엇인지를 들어야겠어."

이바나가 팔짱을 끼며 말할 때까지 물러나지 않겠다는 듯 완고히 버텼다.

아무 말 없이 남이 알아주고자, 이해해 주고자 바라는 것이 이기적인 것은 알고 있다. 그러나 괜히 이러겠는가. 지금까지 자신이 보여 주었던 신뢰에 반응해 주면 안 되는 것인가.

"왜 이렇게 답답하게 구세요!"

"그걸 지금 내게 하는 소리니? 답답하게 구는 게 누군데! 아무 설명도 없이 대뜸 나만 왕성으로 돌아가고 넌 여기에 남겠다니. 상식적으로 그걸 이해할 수 있겠어? 무슨 생각인지 말해 주지도 않고 네 멋대로 그렇게 하면 누가 납득을 하겠냐고!"

발렌이 이를 악물며 이바나에게만 들릴 정도로 나지막이 말했다.

"이바나 씨가 죽을 거라서요!"

씩씩 거리며 숨을 내쉬는 발렌.

"제가 괜히 그럴 것 같아요? 이런 말을 드리고 싶었을 것 같아요? 전 이바나 씨를 구하려고 이러는 거라고요!"

"일단 따라와."

그의 말에 이바나가 잠시 멍한 표정으로 생각에 잠기더니, 이내 그를 자신의 방으로 끌고 갔다. 뭔가 중요한 이야기가 있으리라 판단한 이바나가 남들을 의식해 둘이서 대화하기 위해 끌고 온 것이다.

그녀의 방은 방음이 잘 된다. 방금 전처럼 큰 소리를 내면 밖에서도 들리겠지만 조곤조곤 말하는 건 안 들릴 것이다.

그녀가 침착하게 물었다.

"뭔가 알아낸 게 있구나? 우체부에게 무슨 서신을 건넸다는데, 혹시 네 고향에서 일어난 일처럼 큰일이 벌어지는 거야?"

발렌은 침묵하다가 곧 고개를 주억였다.

"예, 맞아요. 제가 제보했어요. 야만족이 쳐들어올 거라고요."

"네가 어떻게 그걸 알아? 드워필리지에 도착하고서 바로 그런 사실을 알게 된 거야? 이 나라 사람도 모르는 걸 어떻게 아는 거야? 어제 도착하고부터 방에 틀어박혀 있었는데 말이야."

이바나는 발렌에 대해 이해할 수 없었다. 그나 자신이나 여관에만 있었는데 어떻게 그 사실을 알아냈다는 말인가. 하나부터 열까지 이해가 되지 않았다.

"그러고 보니 참 이상해. 넌 뭔가 중요한 사건이 일어날 때마다 그 사건 속에 있어. 마치 미래의 일을 예견할 수 있는 것처럼 말이야."

엘리즈의 독살 사건, 대축제 때의 오우거 난동 사건, 남바른 공작령에서 일어난 흑마법사 사건까지. 곤란한 일을 의뢰받고 해결해 돈을 버는 용병이라고 하더라도 이런 큰 사건을 연달아 겪기는 어려울 것이다. 한데 그는 큰 사건들이 벌어질 때마다 그 속에, 그것도 중심에 있었다.

"지금 네 얼굴이 어떤 줄 알아? 방금 전까지 지옥을 몇 번이나 걷다 온 사람 같아."

지옥을 몇 번이나 걷다 온 사람 같다…… 딱히 틀린 말은 아닌 터라 발렌은 부정하지 않았다. 지옥 같은 경험은 이미 수없이 겪었다. 하나 이 죽음의 공포는 죽으면 죽을수록 익숙해지는 것이 아니었다.

처음에는 익숙해진다 생각했지만, 그렇지 않았다. 오히려 더 무섭다. 죽음을 겪으면 그때 받은 충격이 고스란히 머릿속에 각인되어 있다. 그게 점점 쌓여 가는 것도 모자라, 남들에게 이해받지 못하는 상황이 그를 점점 낭떠러지로 몰아가고 있었다.

남들은 모를 일을 오직 자신만 알며 일을 해결해 나가야 한다는 압박감은 계속해서 그를 옥죄고 있는 것이다. 이렇게 버티고 있는 것도 기적이라고 스스로 생각할 만큼 몰려 있는 기분이다.

"혹시 미래라도 볼 수 있다거나. 그런 거야?"

"전 미래를 예견하거나 볼 수 없어요. 하지만 미래를 알아요."

"그게 무슨 소리니?"

예견하거나 볼 수 없지만 미래를 안다니? 무슨 소리인지 전혀 이해하지 못할 말이다.

"전 죽으면 며칠 전으로 돌아오니까요."

갑작스레 엉뚱한 말을 해서 이해하지 못했는지, 이바나는 자세한 설명을 요구하는 표정이었다. 발렌은 이바나에게 이를 말해 주기로 했다. 이미 말한 거, 그냥 속 시원히 하소연하듯.

"지금부터 전혀 믿을 수 없는 얘기를 할 거예요."

발렌은 리셋에 대한 얘기를 해 줬다. 보나바르의 마법서를 발견하고, 자신에게 생긴 변화에 대해서였다.

간단하게 말하자면 평범하게 지내다가 며칠 전의 어느 지점으로 돌아와 그 사건을 해결할 때까지 계속 반복한다는 것이다.

"그러니까 넌 천 년 전 세인브리트 마탑을 세운 초대 마탑주의 축복이라는 이름의 저주에 걸려 그렇게 됐다는 거지?"

"예."

"이 사실을 나 말고 아는 사람이 있어?"

발렌이 고개를 저었다.

"아무도 없어요. 아니, 제 어머니와 리즈는 알았었어요."

"알았었다는 얘기는……?"

"예, 말한 적이 있었어요. 아주 먼 옛날에."

발렌은 그에 대한 얘기도 해 주었다. 엘리즈의 독살 사건이 일어났을 때와 자신의 고향에서 있었던 일을. 그리고 자신이 지금까지 마법의 경지를 올릴 수 있었던 이유까지도.

지금은 좋게 해결됐지만, 이를 해결해 가는 상황에서 최악의 결과로 인해 자신이 어떤 일을 당했는지 말하니 그녀의 안색이 나빠졌다.

얘기하다 보니 처음부터 끝까지 말하게 되었다. 이바나는 그의 얘기를 심각하게 들어주었다. 허무맹랑한 말이라도 절대 도중에 자르거나 하지 않고 끝까지 경청해 주었다.

"공개 처형, 흑마법사에게 고향이 불살라지고, 가족까지 몰살. 그리고 이번에는 내 죽음을 여러 차례 목격이라니. 내가 너 같은 일을 당하고 있다면 벌써 미쳤을 거야."

"믿어 주시는 건가요?"

"당연히 믿을 수 없지. 그런 일이 벌어졌다는 걸 단번에 믿다니. 그게 말이 된다고 생각해?"

역시나. 믿지 못할 이야기라는 건 변함이 없었다.

이바나에게 역시 이해를 구하는 건 힘든 일이었던 모양이다.

이래서 발렌이 남들에게 말하려고 하지 않은 것이다. 하지만 솔직히 다 털어놓으니 속 시원했다.

엘리즈와 어머니에게 털어놓았을 때도 같은 심정이었다.

"믿을 수 없는 얘기인 건 사실이지만, 네가 그런 말도 안 되는 거짓말을 할 리가 없어. 넌 거짓말을 해도 상대방이 믿을 법한 걸 하지, 이런 못 믿을 말을 할 사람이 아니라고 생각하니까."

이바나는 결국 발렌이 거짓말보다 진실을 말하고 있을 가능성이 크다고 생각하고 있는 것이다. 그녀도 발렌을 보면서 알고 있는 바가 있는 터라 이런 말도 안 되는 거짓말을 할 사람이 아니라는 걸 잘 알고 있는 것이다. 그녀는 그의 말을 혼자서 정리하다가 문득 궁금한 것이 생겼다.

"그래서. 지금은 몇 번이나 반복한 거야?"

"이번이 세 번…… 아니, 네 번째예요."

"네 번…… 그럼 세 번이나 너와 내가 바하족이라는 야만족들에게 죽임을 당했다는 거야?"

발렌이 고개를 주억였다. 자신이 아는 사람이 계속 죽는 모습을 봐야 한다니…… 어떤 기분일지 상상도 할 수 없었다.

"그래서, 넌 보나바르의 저주를 해결하기 위해 늘 임무를 받는다고? 이번 임무는 뭔데?"

"그건 말이죠……."

발렌이 이번 임무에 대해서 말하려고 할 때였다.

"아아악!"

순간 그의 머리에 두통이 생겼다. 엄청난 고통에 발렌이 비명을 질렀다. 그가 땅을 뒹굴며 머리를 쥐어 잡자 이바나가 깜짝 놀랐다.

"발렌, 왜 그래?"

"아무래도 저주에 대한 얘기를 그만해야 할 것 같네요."

발렌은 아려 오는 머리를 붙잡았다. 이바나가 다급하게 고개를 주억이고, 발렌도 임무에 대한 말을 더 이상 하지 않기로 생각하자 언제 그랬냐는 듯 머리가 아프지 않았다.

'젠장. 다른 건 괜찮아도 임무에 대해서는 함구하라 이
건가?'

엘리즈와 시이나에게 리셋에 대해 말해 준 적은 있지만,
임무에 대해 말한 적은 없었다. 아무래도 보나바르의 저주
는 다른 건 괜찮아도 임무에 대해서는 민감한 것 같았다.

"이제 괜찮아? 두통약이라도 줘?"

"아뇨, 이제 괜찮아요."

그의 이마에 땀이 송골송골 맺혀 있었다. 이바나가 손수
건을 꺼내 그에게 건넸다. 발렌이 감사하다 인사하며 땀을
닦아 냈다.

"왜 그렇게까지 스스로를 가혹하게 대하는 거야?"

"가혹하게 대하다니요. 전 이 지옥 같은 일에서 벗어나
기 위해서 노력하고 있는 거라고요."

"아니, 이 바보야. 그 지옥 같은 일에서 벗어나기 위해서
왜 혼자 발악하는 거냐고. 네가 말한 그 저주에 남의 도움
을 받지 말라는 제약이라도 있는 거야?"

발렌은 고개를 저었다. 딱히 누군가의 도움을 받지 말라
는 제약은 없었다.

아무에게도 도움을 받지 말라는 임무가 떨어지면 모를
까, 그런 조건이 따로 추가되지 않는다면누군가에게 도움
을 받아도 큰 문제는 없다.

실제로 그가 직접 나서는 것이 아닌 타인이 해치우게 만들어 임무를 완수한 적도 있지 않던가. 보나바르의 저주는 단지 명령하듯 임무를 주기만 할 뿐이다. 어떻게 해결하든지 그 임무를 완수하기만 완수하면 지옥 같이 반복되는 나날을 넘길 수 있는 것이다.

"왜 생판 본 적 없는 다른 이들에게는 도움을 받으려고 하면서 나나 지인들에게 받을 생각은 전혀 안 하는 거야?"

"도움을 받는 순간 그 사람도 저와 똑같은 고통을 겪게 될 테니까요."

"뭐야, 그 순해 빠진 생각은! 어차피 리셋 되면 기억을 못하니까 괜찮잖아!"

"리셋으로 인해 기억을 잃는다 하여도, 그 모습을 기억할 제가 있으니까요. 몇 차례나 지인들의 고통을 두고 볼 수 없어요. 게다가 만일 말한 시점에 임무를 달성해 버리기라도 하는 날에는……."

발렌이 뒷말을 흐렸다. 그치만 이바나는 그가 무슨 말을 하고 싶은 건지 알 수 있었다.

'그 사람도 자신의 일에 휩쓸리게 된다고 말하고 싶은 거겠지.'

한동안 말이 없던 그가 다시 입을 열었다.

"그럴 바에야 차라리……."

"자기만 고통 받으면 된다. 이거야?"

"……."

발렌은 말없이 고개를 주억인다. 그가 앞으로 감당해야 할 고통은 더할 것이다.

이바나는 그간 발렌이 받아 온 고통이 얼마나 큰지 모른다. 그리고 앞으로 감당해야 할 고통이 얼마나 클지 판단하기 쉽지 않다.

"책을 많이 읽어서 똑똑하다고, 엘리즈와 할아버지가 널 그렇게 평가하고 있는데. 왜 어리석게 구는 거야."

"지식과 지혜는 다른 문제니까요."

"말은 아주 청산유수야, 청산유수. 정말이지. 넌 바보 같아. 아니, 넌 바보야."

"예, 저는 바보예요."

발렌이 허탈하다는 듯 작게 웃는다. 그의 표정에서 회의감을 볼 수 있었다. 모든 수단을 강구하고, 지혜롭게 해결해 나가지 못하는 자신의 모습에 대한 허탈감이다.

이바나는 자신 스스로를 낭떠러지로 내몰고 있는 그의 모습에 연민을 느꼈다.

"난 널 이해할 수 없어. 네가 그간 어떤 고생을 했는지 당연히 난 잘 몰라. 하지만 이것은 확실히 말할 수 있어."

이바나가 숨을 크게 마시며 말을 내뱉었다.

"혼자서 싸우려고 하지 마. 네 곁에 언제든 도움을 줄 사람이 여기 있으니까."

이바나가 손을 자신의 가슴에 얹으며 가리켰다.

순간 주위가 환해지는 기분이 들었다.

엘리즈를, 그리고 이바나를 처음 만났을 때 보았던 그 눈부신 장면을 보는 기분이었다.

이바나가 한 걸음 그에게 가까이 다가온다.

"혼자서 괴로워하기보다 둘이서 고민하는 게 좋잖아. 네가 생각하지 못한 일을 내가 생각할 수 있고, 내가 하지 못하는 일을 네가 해 줄 수 있으니까."

그리고 그녀가 손을 뻗어 그를 꼭 끌어안았다. 마치 어머니의 품에 안긴 것처럼 포근한 느낌이 들었다.

"바보 같이 혼자서 괴로워하지 마. 넌 내가 괴로워하는 모습을 보면 어떨 것 같아?"

"당연히…… 마음이 아프겠죠."

"그거야. 좀 더 주위 사람을 의식하고, 도움을 받으려고 해. 네가 고민을 나누면 그 사람이 같은 고통을 겪을 것이라는 불안감에 떨지 말고, 함께 해결해 나가고자 생각해."

그 순간, 마음의 울적함이 사라지는 기분이었다. 지금까지 쌓여 왔던 답답함이 눈처럼 사르르 녹아 사라지기 시작한다.

발렌의 눈가가 촉촉해지는가 싶더니 이내 눈물이 흘러내렸다.

이바나가 손수건으로 그의 눈물을 닦아 주었다.

"이 정도 위로로 울 정도면 도대체 얼마나 심하게 고통받고 있었던 거야. 보나바르, 그 사람을 존경하던 마음까지 사라지게 만들고 있어."

그 말에 발렌이 드디어 작게 미소를 띠었다.

"고마워요, 이바나 씨. 믿어 줘서. 그리고 걱정해 주셔서."

"그래. 너의 그 답답한 행동에 내가 어울려 주는 거니까 고마워하라고. 그리고 이 일은 두고두고 놀릴 거니까 단단히 각오해. 리즈에게 네가 드워필리지에서 날 껴안고 울었다는 거 다 말할 거니까 이불 걷어찰 준비나 해."

그 말에 발렌이 웃었다. 이바나도 웃었다. 둘 다 실없이 웃었다. 지금까지 억지로 보인 미소가 아닌 진심을 담은 미소로 말이다. 한동안 실없이 웃던 그들. 곧 발렌이 그녀를 불렀다.

"이바나 씨."

"왜?"

"이바나 씨를 반드시 구해 드릴게요."

"맞아. 네 고향에서도 똑같은 말을 했었잖아. 잠깐, 혹시 그때도 나 무슨 이유로 죽었던 거지?"

잠시 생각하던 그가 고개를 주억였다. 그러고 보니 이바나의 죽음을 목격한 건 그때도 있었다.

"그러고 보니 그랬었죠. 너무 오래전 일이라 기억이 잘 안 났네요. 절 구해 주려고 본인도 생명을 다해 가는 상황에서 달려오셨죠. 그때도 진심으로 대답한 거지만 지금도 진심이에요."

물론 그를 구해 준 건 맞지만, 그 이후 자신도 죽음을 맞이했다. 그녀가 치명상을 입고도 구해 주러 온 것은 결코 잊을 수 없는 일이다. 그 일은 이바나를 다시 보는 계기가 되기도 했기에 더욱 그렇다.

"내가 그런 일을 했다니. 믿기 힘들지만 나도 한다면 하는 사람인 모양이네?"

"팔 하나 잘린 상태로 절 구하기 위해 오신 건 분명 대단한 일이죠."

"뭐, 뭐? 방금 팔이 뭐 어쨌다고?"

"아, 방금 건 못 들은 걸로 해 주세요."

이바나는 저도 모르게 상당히 찝찝하다는 표정을 지었다.

그녀는 자신이 생각하는 것보다 정말 큰일에 휩쓸린 게 아닐까하는 두려움이 슬슬 피어올랐다.

'에이, 어차피 다음 리셋 때는 기억이 없어진다잖아! 뭔 상관이야!'

발렌과 달리 그녀는 죽음의 공포가 누적되지 않는다. 힘들면 발렌이 힘들지, 자신이 힘들겠는가.

발렌이 알면 너무하다고 말할 법한 생각을 하는 그때, 그가 손을 내밀었다.

"같이 이번 일을 해결하죠. 이번에는 절대로 죽게 내버려 두지 않겠어요. 하지만 마지막으로 물을게요. 저와 함께 지옥으로 오실 각오가 되셨나요? 분위기에 휩쓸려서 나중에 후회하지 마시고 지금 결정해 주세요."

발렌의 각오가 다시금 다져지고, 지금까지 무너진 마음이 제자리로 돌아온다. 이바나는 발렌의 손을 바라보았다.

"지옥으로 표현할 정도로 힘든 일이라는 거지?"

대답 없이 그저 바라만 보고 있는 발렌.

더 자세하게 말은 하지 않았지만 지옥이라고 표현하는 건 그만큼 상상 이상의 힘든 일을 겪게 된다는 것이리라. 그러나 이바나는 자신이 한 말을 주워 담을 생각은 추호도 없었다.

그의 말대로 분위기에 휩쓸린 것 같기도 하지만, 그녀는 진심으로 발렌을 돕고 싶었다.

그는 엘리즈 다음으로 절친한 벗이 아니던가. 앞뒤 사정

을 따지기 보다는 발렌을 돕고 싶다는 마음이 컸다. 이바나
가 각오를 다지고 그의 손을 맞잡았다.

"그래. 최대한 안 죽게 서로 노력하자."

서로 동지애를 느끼며 동시에 씩 웃었다.

Chapter 03

시간 끌기

과거의 무기와 현대의 무기를 비교하면 당연히 현대의 무기가 앞서 있는 것은 사실이다. 하나 현대의 무기가 모두 그렇듯 새롭게 개발 혹은 초기의 무기를 더 좋게 개량한 것들이다. 새로운 무기가 나오면서 전쟁의 전술은 작고 크게 변화를 거쳤으며, 나라마다 존재하는 비밀 무기는 한 나라의 운명마저 뒤바꿔 놓는 계기가 되었다. 이는 모든 전쟁 학자, 역사 학자들이 인정하는 바이다.

　지금 얘기하고자 하는 것은 아이벤 대륙의 역사를 송두리째 바꾸게 될 무기에 대한 것이다. 그것이 바로…….

—전쟁 학자, 마디프의 강의 中—

＊　　　＊　　　＊

발렌은 이바나와 함께 작전 회의를 하고 있었다.

"분명 드워필리지 어딘가에 바하족과 몰래 연락하는 자들이 있을 거예요. 제가 서신으로 그들이 쳐들어올 것이라는 것을 알렸을 때와 알리지 않았을 때의 공격 시기가 달랐거든요."

"그렇다면 그들과 내통하고 있는 자들이 누구인지부터 알아야 하지 않을까?"

"저도 알아내고 싶지만 드워필리지에 소문이 금방 퍼져서 알아낼 방도가 없어요. 이곳의 소문은 정말 빠르거든요. 서신을 보낸 지 하루가 되지 않아 온 도시에 퍼졌을 정도니까요."

소문이 너무 빠르게 확산되니 내통자가 있는지 없는지도 확실하게 알 수 없었다.

내통자가 있을 것이라고 말한 것도 그 가능성을 말한 거지, 확실치 않았다.

바하족 중에 대륙어를 할 수 있는 자들도 몇몇 있는 것 같고, 그에 대한 소문을 들었으면 공격 시기를 앞당겨도 이상할 게 없었다.

"그들은 아마 성벽 안으로 들어오는 방법을 알고 있을 거예요. 그들은 공성전을 치르지 않고 습격을 감행했거든요."

이 도시를 공격하기 위해서는 당연히 이 도시를 둘러싸고 있는 성벽을 공격해야 하는데, 공성을 치르는 소리를 단 한 번도 듣지 못했다. 공성도 하지 않고 드워필리지에 녀석들이 나타나 병력들도 꽤 당황해했었다.

"그들의 목적이 뭔지 알아?"

"세기어 왕국과 전쟁을 치르는 거라고 했어요. 이유는 모르지만 그들은 세기어 왕국과 철저한 원수지간인 것 같더라고요."

"세기어 왕국과 전쟁을 한다고? 고작 야만족이?"

이바나가 기가 막힌다는 듯 헛하고 웃었다. 일개 왕국을 상대로 고작 부족이 싸우려고 들다니. 세기어 왕국이 제아무리 신생국가라고 한들 한 나라의 기틀을 갖춘 곳이다. 병력의 질과 양은 물론 장기적인 전쟁 수행 능력도 갖추고 있다는 소리다.

"아마 그들도 믿는 구석이 있다는 거겠죠."

제물이라는 명목으로 녀석들에게 불살라졌을 때 들었던

얘기다. 띄엄띄엄 간단한 단어들로만 의사소통이 가능했기 때문에 제대로 이해할 수도 없었고, 그들도 적인 자신에게 자세한 이야기를 하지 않았다. 그래서 자세한 이유는 알 수 없었지만 분명 그들 나름대로의 이유가 있을 것이다.

"그리고 그들은 야만족들 중 가장 규모가 큰 부족이라고 들었어요. 제가 본 것은 몇백 명뿐이지만 그 부족의 수는 천 명이 넘지 않을까 추측 중이에요."

발렌이 이것저것 알아본 바로 세기어 왕국민들 대부분이 바하족의 인원은 천 명이 넘는 것으로 파악된다고 했다.

야만족들 중 가장 규모가 크고 잔혹하고 마법사에게 상성인 주술까지 사용해 그들에 대해 모를 수가 없는 것이다.

마법과 무투기를 쓰지 못하는 것을 이용해 우왕좌왕하는 병력들을 각개격파하고, 그 즉시 새로 개통된 도로를 타고 바이레드로 이동한다면 확실히 한 번 해 볼 수 있는 병력이기도 하다.

"아마 그들은 속전속결로 전쟁을 치르려고 할 거예요. 장기전을 하기에는 그들이 불리한 점이 많을 테니까요."

이바나가 긴장되는 듯 고개를 끄덕였다. 야만족이라고

무시했던 그녀도 천 명이 넘는 규모라는 말을 들으니 무시할 수 없는 까닭이다.

"전투에 앞서 말씀드릴 것이 있어요. 아주 중요한 얘기죠."

"말해."

이바나가 경청했다.

"그들은 마법을 못 쓰게 만드는, 그들 고유 마법인 주술을 사용해요. 대기 중에 있는 마나를 불안정하게 만들어 아무리 마나를 끌어모아도 곧 흩어지게 만들어요. 그들을 주술사라고 하는데 이번에 드워필리지를 습격하는 자들 중 주술사가 세 명이나 있어요."

마법사가 마법을 쓰지 못한다면 평범한 사람이나 다를 바 없다. 이바나는 침음했다.

야만족이라고 한다면 잔혹하고 미개하다고 생각되는 자들인데, 그들 나름대로의 체계적인 전투법이 있었기 때문이다.

"상성이 나쁘구나."

"맞아요. 마법사인 우리들이 그들과 정면으로 대결해서 이길 가능성은 거의 없다고 봐야겠죠. 그 때문에 저도 제대로 맞서 싸우지 못했던 거고요."

마법을 사용하지 못하는 상황은 마법에 의지하는 마법

사들에게 매우 치명적인 일이다. 마법사들에게 천적이 있다면 그들이 아닐까 생각할 정도로 난감한 상대이다.

이바나도 그의 말을 듣고 그들과 어떻게 맞서 싸워야 할지 난감한 시선을 보내 왔다. 마법을 쓰지 못하리라는 생각은 지금껏 하지 못했기 때문이다. 애초 그런 상황을 가정할 필요도 없었고 말이다.

"하지만 아티팩트는 괜찮아요. 이미 완성되어 있는 마법은 마나를 불안정하게 만들어도 쓸 수 있거든요."

"아티팩트? 하지만 난 가지고 있는 아티팩트가 하나도 없는데?"

그의 말을 듣고 이바나가 발렌의 손에 끼워져 있는 반지를 바라보았다. 그의 아티팩트도 거의 다 사용해 이제 한 번 밖에 사용하지 못한다.

주술사라는 녀석이 세 명이나 있는데, 그들이 한 곳에 뭉쳐 있지 않는 이상에야 고작 마법 한 번으로 그들을 섬멸할 수 있을 것 같지는 않았다.

"어떻게 대처하게? 이미 완성된 마법을 쓸 수 있다면서. 그렇다면 매직 스크롤이나 아티팩트를 준비해야 되는 거잖아. 난 둘 다 없고, 우리가 지금 그런 것들을 대량으로 구할 수 있는 입장도 아니잖아. 애초에 한 녀석을 잡는다 하더라도 나머지 두 명을 해치워야 할 것 아니야."

매직 스크롤은 마법 술식을 스크롤에 적어 마법을 쓸 수 있게 하는 것이다. 일회성인 데다 비싼 것은 둘째 치고, 구하기 쉽지 않은 물건이었다. 거기다 사절단으로 온 이들이 공격 마법 스크롤을 대량으로 구하는 것이 알려지면 문제가 될 것이다.

"설마 육탄전을 벌이자고 하는 건 아니겠지?"

"제가 지금까지 몇 번이나 죽으면서 그 짓을 안 해 봤겠어요?"

"……해 봤구나?"

"해 봤죠. 그 덕분에 저도 팔 하나 잘리고, 겨우 도망쳤었죠. 그건 가능성이 없는 짓이에요. 녀석들 주변에는 항상 전사들이 배치되어 있거든요."

"……."

팔이 잘렸었다는 말을 너무 담담히 하고 있어 이바나가 잠시 넋을 잃고 그를 바라본다. 이미 지나간 과거이고, 타인들은 겪지 못한 일이기에 발렌은 그 일을 그리 깊게 생각하지 않기로 하고 입을 열었다.

"가장 좋은 방법이 있어요. 아니, 지금 상황에서는 이게 가장 현실적이죠."

발렌이 보따리를 풀어 그녀의 앞에 내려놓았다. 이바나는 그가 가지고 온 것을 직접 확인했다.

"손목 방어구? 아니, 손목 방어구 치고는 뭔가 정교한 장치들이 있는 것 같은데?"

"실린더라고 하는 무기예요. 세간에 괴짜 포드라 알려진 드워프가 만든 희대의 무기이죠. 그 안에 마정석이나 마정석 가루를 넣어서 쓰는데, 마법사가 아닌 자들도 마법을 쓸 수 있어요."

"마법사가 아닌 사람도 마법을 쓸 수 있다고?"

이바나는 놀랍다는 듯 실린더를 바라보았다. 그게 사실이라면 이 실린더라는 개발품은 엄청난 가치를 지닌 무기가 될 것이기 때문이다.

"이걸 어떻게 구한 거야?"

"마도구 공방에서는 이 무기를 인정하지 않고 있어요. 아니, 포드 아저씨를 인정하지 않고 있다는 말이 맞겠죠. 괴짜라고 불리고 있으니까요. 어쨌든 그 덕분에 포드 아저씨는 이걸 납품하지 못하게 되었고, 전 쉽게 구할 수 있었어요."

이제 전부 재고가 될 테니 처분도 할 겸 발렌에게 그냥 주었다는 것이 가장 맞는 소리일 것이다.

입소문을 내는 조건이라고는 했지만, 큰 기대는 하지 않고 있다고 보는 게 맞았다. 잘 되면 좋고, 안 되면 그만이라는 소리다.

아마 며칠이 지나면 이 실린더는 전부 용광로에 녹일 것이다.

포드는 이 실린더가 안 팔리면 전부 녹여 다시 무구를 만들 것이라고 했었으니까. 야장 포드라고 불린 과거 명성이 있어 다시금 손님을 모으는 것은 어렵지 않으리라.

"하지만 이건 연비가 매우 나빠요. 실전에서 사용할 수 있지만 장전 시간이 엄청 오래 걸리는데다가 마정석을 써야 하거든요. 마정석이 이 나라에서는 매우 싼 편이긴 하지만, 그렇다고 대량으로 사서 일회용으로 버리기에는감당하기 힘든 것도 사실이죠."

연비만 나쁜 게 아니라 돈이 많이 필요한 무기이기도 했다. 하지만 지금 상황에서는 가장 좋은 무기였다.

"어떻게 사용하는 거야?"

"마정석을 장전하고, 상대를 향해 조준한 다음 쏘면 끝이에요. 사용법은 간단해요."

발렌은 마정석을 빼 두고서 직접 장전하는 방법과 사용법을 알려 주었다.

생각보다 간단하게 사용할 수 있어서 놀란 감이 없잖아 있었다. 고작 이런 간단한 방법으로 편리하게 마법을 쓸수 있다니. 놀랍지 않을 수 없었다.

장전하는 시간이 1분 정도 걸린다는 게 조금 걸리지만,

여러 개가 있으면 연이어서 사용할 수 있으니 그것을 해결할 수 있을 것이다.

"참고로 실린더를 사용할 때 굉음이 엄청 심해요."

"굉음? 얼마나 큰데?"

"예, 상상 그 이상이에요. 파이어 볼이 바로 옆에서 터지는 소리랑 비슷해요. 쏠 때마다 귀가 아플 거예요. 잘못하면 고막이 나갈 거라고 생각했을 정도니까요."

파이어 볼이 멀리서 터지는 소리는 들었어도 바로 옆에서 터진 적은 없었기에 그렇게 큰 소리를 들어 본 적은 없다. 하지만 발렌의 질색하는 표정과 자세한 비유 덕분에 그 소리가 얼마나 클지 대충 짐작할 수 있었다.

"참, 이바나 씨의 짐에 있는 폭발석과 전류석도 실린더에 사용할 수 있어요. 폭발석의 위력은 굉장했지만, 전류석은 불발이었어요. 전류석을 만드는 과정에서 술식이 제대로 안 짜인 건지, 도중에 실수한 건지는 모르겠지만요."

"뭐야…… 그 두 개를 가져온 건 어떻게 알았어?"

이바나는 자신의 짐 속에 뭐가 들었는지 발렌에게 보여 준 적이 단 한 번도 없었다. 발렌은 어깨를 으쓱였다.

"저번 리셋 때 몰래 빼돌려서 그걸로 싸웠으니까요. 왕성의 짐에도 몇 개 있는 건 아니죠?"

"……."

대답이 없는 것을 보아하니 왕성에 있는 짐 속에도 비슷한 것들이 있기는 한 모양이다. 발렌이 한숨을 내쉬었다. 왕성에 가지고 오기에는 위험한 물품이지만, 그래도 그녀가 그 위험한 물품을 가지고 온 덕분에 바하족 주술사를 이길 대안이 생겼다.

"어쨌든 간에 이바나 씨, 전류석을 다시 확인해 주세요. 잘못 계산한 것이 있는지 확인해 주시면 될 거예요. 주술사를 잡기 위해서 폭발석과 전류석이 반드시 필요하니까요."

"그래, 알았어."

이바나가 고개를 주억이고, 자신의 짐을 풀어 전류석을 확인했다. 그녀는 전류석을 꼼꼼히 확인하기 시작했다.

마나의 배열, 계산식을 확인하자, 발렌의 말대로 전류석을 만드는 과정에서 계산의 오차가 있는 것을 발견할 수 있었다. 그의 말대로 이 전류석을 그대로 이용한다면 불발할 것이다.

"정말이네. 계산식이 잘못 되었어."

이바나가 다시 마나를 배열하고 계산을 하기 시작했다. 이미 익숙하게 해 온 작업인 터라 다시 배열하는 데 그리 오래 걸리지 않았다.

"됐어. 이제는 사용할 수 있을 거야."

"확실하죠?"

"혹시 몰라서 세 번이나 다시 확인했으니까 걱정하지 말고."

그 짧은 시간에 세 번이나 확인하다니. 혹시 대충 계산한 건 아닐까 의문이 들기는 하지만, 전투에 사용할 물품을 대충 정비하지 않을 거란 생각이 들었다. 발렌이 고개를 주억였다. 이제 준비는 마쳤다.

"그럼 이제 그들이 나타날 장소에 대해 설명할게요."

"잠깐. 그 장소까지 알고 있는 거야?"

"예, 그들이 어디에서 들어오는지는 모르지만, 그들이 공격하는 장소는 늘 똑같았거든요."

"그럼 그 장소를 말하면 되잖아. 그러면 주둔군이 미리 매복해서 공격할 수 있는 거 아냐?"

"녀석들의 공격 위치가 달라질까 봐 서신에는 적지 않았어요. 설사 그 내용이 누설되지 않는다고 해도 사람들의 눈이 많은 이 도시 한복판에서 매복한다는 게 쉬운 것도 아니고요."

워낙 사람들이 많은 것도 문제라면 문제였다. 이바나는 이해했다는 듯 고개를 주억였다.

"대략 10분에서 15분 정도 시간을 끌면 될 거예요. 모든 병력은 아니지만, 소란을 듣고 병사들이 올 테니까요."

길어도 15분. 짧지도 않지만 길지도 않은 시간이다.

"우리는 그때까지 주술사를 해치워야 돼요."

이제부터는 전략 회의다. 발렌은 녀석들에 대해 설명하면서 이를 어떻게 타파할지 그녀와 함께 머리를 맞댔다.

* * *

매서운 추위는 몸을 오들오들 떨리게 만들 정도였다. 발렌은 중앙 광장의 동상 근방의 골목길에 매복을 했다.

언제든 지붕 위로 올라갈 수 있도록 사다리까지 준비한 발렌. 마치 자신이 도둑이 된 것 같은 기분에 묘한 느낌을 받았다. 그는 꽁꽁 언 손을 입김을 불어 녹이며 기다렸다.

'이제 슬슬 시작되겠어.'

주변에 사람들이 없는 것을 확인한 발렌이 사다리를 타고 지붕 위로 올라갔다. 그리 높은 건물은 아니었지만 지붕 위로 올라가니 주위가 훤히 보인다. 그리고 발렌과 마찬가지로 건너편 집 지붕 위에서 얼굴만 쏙 내밀고 있는 이바나를 볼 수 있었다.

발렌이 손을 들어 자신도 올라왔다는 걸 확인시켜 주었다. 이를 본 그녀는 발렌이 확인하기 쉽도록 고개를 크게 끄덕였다.

'자, 과연 어디에서 나타날지 한 번 두고 보자고.'

발렌은 한시도 눈을 떼지 않겠다는 듯 주위를 계속 살폈다.

이바나도 발렌처럼 늑대 모피를 두른 자들이 어디 있는지 꼼꼼히 주위를 살폈다.

그때였다.

화악!

중앙 광장에 마련되어 있는 넓은 들판에 빛이 일어났다. 아무런 특색이 없어 보이던 곳에서 갑자기 마법진이 나타나는가 싶더니 빛이 주위를 장악하기 시작한 것이다.

길을 지나던 몇 안 되는 사람들의 시선이 그쪽으로 향했다.

갑자기 이변이 일어나니 다들 신기한 듯 그 광경을 바라보고 있는 것이다. 마을 안에서 벌어진 일이기에 위험할 거라는 생각은 하나도 하지 않는 기색이었다.

주의를 주어야 할까 잠시 고민하던 사이, 곧이어 빛이 사그라들고 대규모의 인원이 광장에 떡하니 나타났다.

이 광경을 지켜보던 이들의 기색이 변하기 시작했다. 두려운 눈으로, 다른 누군가는 믿기지 않는다는 눈으로, 혹자는 아직 사태가 파악되지 않아 어리둥절한 시선으로.

하지만 곧 그들의 행색을 보고 가장 먼저 눈치챈 이가

소리쳤다.

"바, 바하족이다!"

"끼아아아악!"

비명 소리가 울리고, 바하족들이 사람들을 도륙하기 시작했다. 사람들이 비명을 지르며 도망치기 시작했다.

"그런 거였어."

발렌은 그들이 어떻게 공성전을 하지 않고 드워필리지로 들어올 수 있었는지 알게 되었다. 텔레포트 게이트였다.

저 많은 인원을 옮기기에는 엄청나게 많은 수의 마정석이 필요했을 것이다. 그들이 그간 마도구나 히트 스톤 같은 것을 약탈한 이유를 알 것 같았다.

아마 그들은 바이레드도 이런 식으로 점령하려고 했을 것이다. 한 나라와 전쟁을 하기에는 적은 병력이지만, 저런 식으로 갑자기 왕성에 들이닥치면 어쩔 도리가 없다. 순식간에 침략당하고 말 것이다.

'하지만 드워필리지에 텔레포트 게이트가 없는 걸로 알고 있는데?'

그가 알기로는 텔레포트 게이트가 있는 나라가 그렇게 많지 않고, 있다고 해도 잘 가동하지 않는 것으로 알고 있다.

그만큼 마법사를 많이 배치해야 하고, 많은 마나를 소비하기 때문이다. 단기간에 이동할 수 있다는 장점이 분명 있지만, 위험성이 많이 따르기도 한다.

'하지만 부족한 마나의 경우 대량의 마정석을 이용하면 채울 수 있지.'

마나가 부족하다는 문제는 그렇게 해결했다 치고, 그럼 텔레포트 게이트를 이용할 술식은? 그건 도대체 어떻게 구한 건지 감이 오지 않았다. 그들이 고위 마법사를 납치하기라도 하지 않는 이상 불가능한 일이다.

"발렌!"

이바나가 소리쳤다. 얼른 나서야 하지 않겠냐는 듯한 얼굴이다. 그러나 발렌은 냉정히 고개를 저었다.

아직 아니다. 사람들이 위험하기는 하지만, 그들을 전부 구할 수 없다. 발렌은 스스로도 잔인할 만큼 현실을 생각했다. 저들을 전부 구해 줄 수 없다. 그것이 그가 내린 결론이다. 지금은 작전대로 진행한다.

발렌은 가지고 온 실린더의 장전 상태를 확인하고 그들이 이곳에 올 때까지 기다렸다. 그들은 주술사 한 명을 중심으로 무리를 세 개로 나눴다. 한 무리는 이곳에 남아 계속해서 습격을 감행하는 역할이었다. 발렌이 가장 먼저 싸웠던 녀석들은 아마도 저들인 것 같았다.

나머지 두 개의 중대가 가는 방향이 어디인지 대충 눈치
챌 수 있었다.

'전부 병영으로 향하는 모양이군.'

병영만 장악한다면 그다음부터는 순탄하게 드워필리지
장악을 진행할 수 있을 것이다. 지금 시간이라면 일부 순
찰 병력이나 대기 상태의 병력을 제외하면 전부 잠에 들
시간이니 말이다.

시간도 적절하고, 습격하는 타이밍도 기가 막힐 따름이
었다.

발렌은 의문을 표했다.

'야만족들이 이런 치밀한 작전을 세울 만한 녀석들인
가?'

야만족들은 병서가 없기에 치밀한 작전을 세우지 못한
다는 내용의 책을 읽었는데 말이다.

'책이 모든 상식의 전부는 아니라지만 기본적인 병법도
없는 저들이 이런 치밀한 계획을 세운다는 것 자체가 이상
한데?'

이상한 일이지만 지금은 그걸 신경 쓸 때가 아니다. 이
바나 쪽으로 향하는 두 개 중대를 막아야 할 필요가 있던
것이다.

발렌은 이바나와 맞춰 두었던 수화를 시도했다. 그는 인

근의 병력을 통솔하는 주술사를 실린더로 저격하라고 했다. 이바나가 고개를 주억이고 조심스럽게 지붕 위를 걸어서 이동하며 그가 잘 알려 준 대로 실린더의 장전 상태를 확인했다. 그리고 갈색 늑대 모피를 두른 녀석을 향해 조준했다.

'신중히, 그리고 발사!'

버튼을 누르자 순간적인 반동으로 몸이 뒤로 넘어가는 것과 함께 굉음이 울렸다.

콰아앙!

거대한 폭발음. 폭발탄을 실린더에 넣어 쏜 것이다. 어마어마한 굉음과 함께 지진이 일어난 듯 일대가 흔들렸다.

갑작스러운 굉음과 진동에 병영으로 향하던 다른 중대와 약탈을 하기 시작한 중대가 그쪽 방향으로 시선을 돌린다. 폭발의 영향은 어마어마했다.

폭발이 일어난 곳은 도로의 깊이가 움푹 파이고, 도로를 갈았던 돌들이 튀면서 바하족 전사들에게 2차 피해를 입혔다.

한 번에 모여 있던 덕분에 피해도 매우 컸다. 갑자기 일어난 폭발과 함께 자신들의 중대장이 죽었다는 사실에 우왕좌왕하기 시작했다.

어떻게 된 일인지 전혀 감을 못 잡는 것 같았다.

이바나는 머리카락이 보일라 즉시 지붕 위에 납작 엎드려 몸을 숨겼다. 자신도 모르게 고개를 내려 연기가 모락모락 피어오르고 있는 실린더를 바라보았다.

한 발을 쐈을 뿐인데 실린더가 뜨거웠다.

'이거 굉장하잖아!'

이바나는 실린더라는 무기의 어마어마한 가능성을 지금 한 번의 공격으로 알 수 있었다. 이것은 분명 지금까지의 모든 것을 변화시킬 어마어마한 마도구인 것이다.

'좋았어.'

저번 리셋 때 폭발석을 실린더에 담아 쏘면 어찌 되는지 목격한 발렌은 딱히 놀라지 않았다. 병영으로 향하던 녀석들과 약탈하던 녀석들이 진로를 바꿔 폭발이 일어난 곳으로 이동한다.

주술사가 뭐라뭐라 중얼거리자 주변의 마나가 불안정해졌다. 방금 전 폭발을 마법으로 생각한 듯 주술을 사용한 것이다.

발렌은 마정석 가루가 든 실린더를 녀석들을 향해 조준한다. 화살 여러 발이 들어 있는 실린더.

화살촉 일부가 튀어나와 있었다. 그는 신중히 조준하며 주술사를 노렸다.

바람도 불지 않고, 적이 지근거리까지 다가왔을 때.

발렌이 버튼을 눌렀다.

펑!

폭발석을 장전했을 때보다 작지만 마찬가지로 굉음이 울려 퍼졌다. 그와 동시에 마정석이 실린더 내부에서 폭발했다. 그 폭발력으로 화살이 빠르게 날아갔다.

여러 개가 든 화살들이 녀석들에게 날아들고, 타격을 주었다.

화살 여러 발이 주술사의 몸에 박혔다. 어찌나 위력이 강력한지, 화살들이 몸을 관통해 도로의 벽돌에 반 정도 들어가 박혔다.

상당한 위력. 명중률은 터무니없이 낮지만, 지근거리에서는 충분히 맞출 수 있었다. 발렌은 얼른 지붕 뒤로 숨어 미소를 지었다.

'좋았어. 이제 앞으로 한 녀석.'

생각보다 쉽게 해결되었다. 발렌은 녀석들이 우왕좌왕하는 것을 보았다. 그들은 보이지 않는 적의 공격에 대비하기 위해서인지 뭉쳐 있었다. 그리고 일부는 어디서 공격을 한 것인지 주변을 수색하기 시작했다.

발렌은 혹시 자신의 위치가 들킬까 지붕을 넘나들었다. 집들이 거의 붙어 있는 덕분에 쉽게 넘나들 수 있었다. 그는 지붕 위를 뛰어다니면서 실린더에 전류석을 장전하기 시작했다. 장전 시간이 긴 덕분에 이동하는 시간에라도 해야 했다.

그는 미끄러지지 않게 조심하면서 이동하다가 이바나를 발견했다. 발렌은 이바나의 옆으로 이동했다.

"이바나 씨. 주술사는 잡으셨어요?"

"네가 말한 대로 갈색 늑대 모피를 입은 녀석을 노렸어. 폭발 반경에 있던 이들은 전부 흔적도 없이 사라지던데? 정말 엄청난 무기야."

폭발력이 얼마나 되는지 잘 아는 발렌이기에 고개를 주억였다.

"잘하셨어요. 이제 한 명만 남았어요."

주술사만 해결하면 나머지는 마법으로 시간을 끌 수 있다. 발렌은 이바나의 조력으로 쉽게 해결되어 가고 있다고 생각했다.

녀석들은 두 번이나 공격을 당했으면서도 수색 결과 아무것도 발견하지 못하자 다시 한자리에 뭉치고 있었다.

"녀석들이 드워필리지 주둔군이 공격해 온 것이라 착각을 한 것 같아요. 이제 주술사를 위주로 노리는 것을 알게 되었으니 주술사를 지키려고 할 거예요."

이바나가 지붕 위로 고개를 살짝 내밀어 확인하니 그의 말대로 주술사를 지키려고 하는 것이 목격되었다. 주술사를 후방에 배치하고, 그 주위에 흑색 모피를 입은 바하족 전사들이 뭉쳐 있었다.

"녀석들은 마법사를 증오하면서도 무서워하고 있어요. 이제 남은 한 놈만 더 해결하면 오합지졸이 될 거예요."

책을 가리지 않고 읽은 발렌은 병서도 읽었다. 전시에 지휘 계통이 무너지면 병사들의 사기를 저하시키고, 오합지졸이 된다는 것을.

이렇게까지 해 놓으면, 곧 도착할 드워필리지 주둔군이 남은 바하족을 모두 섬멸해 줄 것이라 판단했다.

'그런데 왜 지금까지 올 조짐이 전혀 안 보이는 거지?'

이상하다.

이제 슬슬 상황을 눈치채고 병력들이 무장하고 올 시간인데, 말발굽 소리는커녕 다수의 인원이 이동하는 소리도 들리지 않았다.

'설마 또 상황이 변한 건가?'

서신을 허무맹랑한 것이라 생각할 리는 없다. 그 서신을 믿었든, 믿지 않았든 지금까지 잘 왔으면서 이번에는 오지 않을 리는 없으니까.

혹시 자신이 보낸 서신에 뭔가 착오라도 생긴 건가 싶었다.

'아직 시간이 안 된 건가?'

자신이 시간을 착각할 수 있다 생각했다. 그는 주먹을 말아 쥐었다. 상황이 바뀌었으니 자신들끼리 주술사를 모두 소탕하고서 시간을 끌어야 한다. 녀석들은 마법사를 가장 경계하고 있다. 그리고 발렌과 이바나는 마법사다. 주술사만 어떻게 처리한다면 그들의 사기를 저하시키고, 뒤이어 온 드워필리지 주둔군이 그들을 원활히 소탕할 수 있을 것이다. 그 틈에 달아나는 것이 계획이다.

"Mea bi assan!"

알 수 없는 언어가 근방에서 들려온다. 바하족의 언어다. 주변을 수색하던 바하족 전사 일부가 그들을 찾아낸 것이다.

"들켰어요!"

너무 오랫동안 한 자리에 있었던 모양이다. 결국 녀석들에게 위치를 들켜 버렸다. 그들을 찾아낸 녀석들이 화살을 쏘았다.

발렌이 이바나를 붙잡아 일으켜 반대편으로 이동했다. 녀석들이 하나둘씩 지붕 위로 올라왔다.

"마법을 쓸 수 없어!"

이바나가 급한대로 실린더를 사용하려고 하자 발렌이 제지했다.

"그건 주술사를 쓰러뜨리는 데 사용해야 돼요!"

하나라도 더 아껴야 한다. 그것이 이번 작전의 핵심이다. 이바나가 인상을 찌푸리며 녀석들에게 조준했던 실린더를 고쳐 잡고 도주하는 것에 집중한다. 이곳저곳 뛰어넘는 덕분에 화살이 그들을 맞히지 못했다.

지붕 위로 올라오는 녀석들의 수가 점점 불어난다. 녀석들이 발렌과 이바나가 가려는 곳마다 나타나 길을 막았다.

그렇게 정신없이 뛰다 보니, 어느새 바하족들이 몰려 있는 곳에 도달했다.

"유인당했어요!"

일부러 그들이 달아나지 못하도록 유인한 것임을 너무 늦게 파악했다.

"발렌, 어떻게 하게?"

발렌이 이를 꽉 깨물었다.

"정면 돌파밖에 없어요!"

방법은 그것 하나. 몰래 저격하지 못한다면 정면승부를 보는 수밖에. 발렌이 실린더를 내밀었다.

이번에는 마정석 가루가 아닌 마정석 자체가 들어 있는 실린더다.

그가 조준을 하고, 버튼을 누르자 굉음과 함께 충격파가 일어났다. 충격파의 직접적인 영향권에 있던 바하족 전사들이 넘어지기 시작했다.

일순간, 진형이 붕괴되었다. 주술사를 몸으로 지키는 바하족 전사들이 보인다.

"이바나 씨!"

이바나가 즉시 실린더를 앞으로 내밀었다. 이바나의 실린더에 장착된 것은 전류석. 그녀가 제대로 계산식을 마치고 복구했다면 분명 주술사를 격파할 수 있을 것이다.

주술사만 해결하면 주변의 마나도 원래대로 돌아올 테니 마법을 쓰면서 충분히 달아날 수 있을 것이다. 그 순간이었다.

쉬이이익—!

지붕 위에 있던 바하족 전사 한 녀석이 화살을 쏘았다. 갑자기 분 바람 때문에 화살은 빗나가 이바나의 바로 옆을 스치고 지나갔다. 옆으로 뭔가가 날아들어 깜짝 놀란 그녀의 조준점이 흐트러지고, 그 상태로 버튼을 눌러 버렸다.

스파아아앗!

"이런!"

전류석이 허공을 가르며 공기 중에서 터졌다. 바하족 전사들에게 일절의 피해도 없었다. 발렌과 이바나가 낙담했다.

빗나갔다.

이제 남아 있는 이바나의 실험품과 마정석은 더 이상 없었다. 하나만 더 있었으면 확실히 해결했을 텐데, 그 하나가 부족했다.

모든 것을 다 소모하고, 이제 그들을 요격할 방법이 사라졌다. 진형을 짠 녀석들이 활시위에 화살을 걸었다.

쉐에에엑—!

바람을 가르는 소리가 들려온다. 새까맣게 화살이 이쪽을 향해 날아들고 있었다. 발렌과 이바나의 동공이 커졌다.

"쉴드!"

그들에게 반투명한 막이 쳐졌다. 화살이 쉴드를 정신없이 두드린다. 쉴드에 금이 갔다.

한 번의 공격은 겨우 막을 수 있었지만 재차 공격이 들어왔다.

쉴드의 균열이 점점 커졌다.

두 번까지는 어찌어찌하여 막았다. 그러나 녀석들은 또다시 활시위를 당겼다. 녀석들이 이쪽을 향해 조준하고 시위에서 손을 놓았다.

세 번째로 쉴드에 무수히 많은 화살이 부딪쳐 왔다. 균열이 점점 더 커지고, 쉴드가 깨져 버렸다. 연이어 화살이 날아든다. 쉴드를 전개할 시간이 부족하다고 느낀 발렌. 그가 이바나에게 달려갔다.

"이바나 씨!"

발렌이 이바나만이라도 지키려는 듯 꼭 끌어안으며 눈을 감았다.

Chapter 04
공적

　나라에 망조가 깃드는 것은 운명이다. 그러나
그 어떤 군주도 자신의 나라가 멸망하길 바라는 자
는 없다.

　내 둘도 없는 친우여. 그대에게 부탁하네. 이 나
라에 위험이 닥쳤을 때 구할 수 있을 방도를 모색
해 주지 않겠는가?

　—바올라 제국 초대 황제, 세인브리트의 유언 中—

＊　　　＊　　　＊

'이를 어찌해야 하지?'

황성. 가벨이 황제의 침소 밖에서 계속 배회했다. 그의 손에는 가론이 준 약이 들려 있었다.

그는 이 약을 황제에게 먹일 것인지, 말 것인지 계속 망설였다.

황제는 이 나라의 군주이기 전에 그의 아버지이기도 했다. 아버지의 병세를 악화시킬 것이 뻔한 이 약을 건네야 될지 말아야 할지. 계속 망설이고 있다.

아버지를 죽일 수는 없다. 하지만 황제가 되고 싶었다.

옛날부터 품었던 그 야망에 다가갈 수 있다는 유혹을 가론이 계속해서 뻗쳤다. 그러나 그 야망을 이룰 수 있는 기회임에도 친혈육을 죽인다는 사실이 망설여지는 건 어쩔 수 없다. 며칠이 지났지만 그 망설임은 계속되고 있었다.

그는 좀처럼 어떤 선택을 해야 할지 감을 잡지 못했다.

"황자 전하. 황제 폐하는 괜찮으실 겁니다. 그리고 보는 눈이 많습니다."

전속 시종이 된 가론은 항상 가벨의 옆에 붙어 다녔다. 그가 가벨이 계속 요란하게 배회만 하고 있자 그리 말한 것이다.

항상 몸가짐과 행동을 조심해야 하는 황성이다. 신하로서 자신이 모시는 자를 완벽하게 섬겨야 하기에 작은 행동도 다그치는 것이 도리.

하지만 가론의 눈빛은 그것과 전혀 달랐다.

황자가 불안해하고 있는 것이 너무 티가 났다. 남들이 봤을 때는 아버지의 병세가 걱정이 되어 불안해하고 있는 것으로 느껴질 수 있다.

그러나 조금이라도 그 행동에 의문을 품는 자가 생길 수도 있다.

가벨은 불안해하는 모습을 잘 보인 적이 없다. 침착하지는 않지만, 불안하면 일단 신경질부터 부리는 성격이다.

다들 황제의 병세가 악화되어 이를 주시할 경황이 없지만 혹시 이후에라도 의문을 품는 자가 있으면 위험할 수 있다.

"끙…… 알겠다."

가벨은 가론의 눈빛을 보고 대충 그가 하고자 하는 말이 무엇인지 짐작할 수 있었다.

일단 얌전히 기다리기로 했지만, 불안한 것은 어쩔 수 없는지. 계속 손톱을 물어뜯는 등 평소 하지 않던 행동을 했다. 가론은 이것까지 제지하기는 힘들었는지 혀를 차며 얌전히 그의 옆을 지켰다.

곧 침소의 문이 열리며 알테미아 교단의 프리스트들이 나왔다. 가론이 입을 열기도 전에 가벨이 서둘러 물었다.

"아바마마의 상태는 어떤가?"

"다행히 의식을 되찾으셨사옵니다만, 여전히 지켜봐야 할 것 같습니다."

"무슨 병에 걸리신 게냐?"

"저희도 난생처음 보는 증상입니다. 수도나 황성에 역병이 돌고 있는 것도 아닌데 황제 폐하께서 고초를 치르고 계시니……."

"신성 마법은 전혀 듣지 않고?"

"그러하옵니다."

온갖 신성 마법을 걸었지만, 황제의 병세는 좋아질 기미가 보이지 않았다.

신성 마법을 써도 병세에 효과가 없는 것은 딱 세 가지 경우밖에 없었다.

첫째, 신성 마법이 소용없을 정도 병세가 악화된 것.

둘째, 수명이 다하면서 걸린 병.

마지막으로 셋째, 불치병에 걸린 것이다.

역대 황제들도 대부분 그의 나이에 유명을 달리했다. 초대 황제의 경우 아흔 살까지 살았다고 전해지지만, 결국 노환으로 사망했다.

현 황제라고 다를 것은 없었다. 어차피 사람은 언젠가 죽는 법이다.

그것이 이리 갑작스럽게 다가올 줄 아무도 예상하지 못했지만 말이다.

"들어가도 되겠느냐?"

"안정을 취해야 하나, 황제 폐하께서도 황자 전하를 보고 싶어 하시니 들어가시는 것이 폐하께 더 좋을 겁니다."

"나를?"

"그렇사옵니다."

사실 밖에 가벨이 왔다는 소식을 들었기에 황제가 부른 것이다. 프리스트들은 안정을 위해 말렸지만, 황제가 하도 고집스러워 어쩔 수 없었다.

"그래, 알겠다. 그렇게 오랫동안 있지는 않을 것이다. 가론, 너는 이곳에서 대기하고 있거라."

"예, 황자 전하."

가론이 공손히 인사하며 그 자리에 서 있었다. 둘만 있을 때는 건방진 말투로 사람 속을 박박 긁더니 사람들 앞에서는 그 어떤 시종보다도 예의가 바르다. 오래전부터 이런 일을 도맡아 한 것처럼 완벽하니 남들의 눈에 어떻게 비춰질까.

가벨이 쯧쯧 혀를 차며 조심스럽게 황제의 침소로 들어갔다.

황제는 침대에 앉아 창밖을 바라보고 있었다. 아버지의

뒷모습이 참으로 처량해 보였다. 어깨가 좁아 보이는 건 난생처음이었다. 그렇게 하늘과 같이 넓게만 느껴졌던 어깨가 좁아진 기분이다. 순식간에 유약해지니 괴리감마저 느껴질 정도다. 마음이 더욱 싱숭생숭해진다.

그가 조심스럽게 다가가며 인사했다.

"아바마마. 소자 가벨, 왔습니다."

"가벨."

"예. 아바마마."

창밖으로 향해 있던 황제의 시선이 가벨에게로 옮겨졌다. 좁게 느껴졌던 뒷모습과 마찬가지로 황제의 눈빛도 생각보다 많이 유약해진 것을 느낄 수 있었다.

"세월이란 게 참으로 덧없구나. 영생을 누릴 것이라는 생각은 하지 않았으나 이렇게 아무런 준비도 하지 못하고 간다는 게 참으로 덧없어."

"무슨 소리십니까, 아바마마. 아바마마께서는 시간이 아직……."

"나는 날 잘 안다. 이제 슬슬 나도 갈 때가 된 게지. 아바마마와 어마마마를 떠나보낼 때도 이랬었던 기억이 있구나."

가벨은 조부모를 본 적이 없었다. 정확히는 그가 아기였을 때 조부모가 세상을 떠났다. 그래서 기억이 없다.

"아바마마와 어마마마께서 널 매우 아끼고 사랑하셨지."

"할바마마와 할마마마께서 말이십니까?"

그런 말은 들어 본 적이 없었다. 황제는 그런 얘기를 잘 꺼내지도 않았고, 가벨의 어머니는 이미 세상을 하직한 지 오래였기 때문이다. 전 황비는 아루스를 낳고 세상을 하직 했다. 현 황비는 엘리즈의 어머니이다.

"리즈가 배다른 동생이라고 하여 네가 싫어하지 않을까 걱정했지. 너도 그렇지만 프리실라와 아루스도 다행히 동 생을 잘 챙겨 주었어. 황위 계승권으로 다툼은 많으나 그래 도 아주 엇나가지 않는 것을 보면 안심이 되더구나."

"……."

철이 들기도 전에 그의 어머니가 갑자기 세상을 하직하 는 바람에 충격은 있었지만, 배다른 동생이라고 하더라도 그는 딱히 그것을 못마땅하게 여기지는 않았다.

어쨌든 간 그의 동생이고, 현 황비도 어머니니까. 지금의 황비도 친어머니처럼 모셨고, 그녀 또한 자신에게 잘해 주 었었으니까.

"그런 네가 자랑스럽더구나. 비록 네가 성질이 급하고, 말썽을 많이 부리기는 했지. 하지만 철이 든 네가 동생들을 챙겨 주던 모습은 아직도 잊히지 않는구나."

어렸을 적부터 가벨을 지켜본 황제다. 동생들의 재능이

돋보이면서 점점 위기의식을 느꼈는지 그때부터 성격이 점차 변했지만, 한때는 동생들을 우선으로 챙기는 믿음직스러운 장남이었다.

가벨과 아루스가 황위 계승권을 두고 다투며 자객들이 그들을 위협하면서부터 사이가 조금 틀어지기는 했으나, 그런 것치고는 나름대로의 선을 지켜 나가고 있었다. 이런 모습은 정말 보기 드문 일이다.

"전 아바마마께서 생각하시는 것만큼 자랑스러운 아들이 아닙니다. 전 동생들에 비해 완벽한 사람도 아닙니다. 저는 그저……"

말을 할수록 땅으로 꺼지는 듯한 느낌이 들었다. 다른 이들은 한 가지씩 타고난 것이 있지만, 가벨은 동생들만큼 뛰어난 무언가가 없었다.

검술은 아루스에 한참 뒤처지고, 마법은 엘리즈에게 한참 뒤처진다.

프리실라는 검술과 마법 둘 다 재능은 없는 반면 머리가 매우 비상하다.

그에 비해 자신은 모든 것이 애매하다.

가장 흥미 있고, 관심 있는 것이 검술이라 검을 잡았지만, 실상 그는 남들이 봐도 딱 중간이라고 평가할 실력밖에 되지 않았다. 제국 최고의 검사라고 칭송받을 정도인 아루스와는 비교할 수도 없는 수준이다.

머리도 그저 그런 데다가 화를 다스리지 못해 자주 일을 그르친다. 마법 또한 재능이 없는 것은 아니었으나 마탑주의 제자가 된 엘리즈만큼은 아니다.

황실의 비전을 익히지 않았다면 아마 검술도 이 수준까지 오르지 못했을 것이다.

스스로 그렇게 말하면서 가벨은 자신이 정말 황제의 그릇이 맞는지 의심하게 되었다.

"전…… 완벽하지 않습니다."

특출한 것이 없는 자신에 대한 깊은 회의.

남들에게는 공포의 대상이지만, 아비인 자신의 앞에서는 이렇게 약한 모습을 보이는 가벨이었다.

그 때문에 황제는 가벨에 대해 잘 알았다. 그는 심성 자체는 연약하지만 실상 남들 앞에서 약한 모습을 숨기려고 연기하고 있다는 것을.

"누구나 다 그럴 것이다. 세상에 완벽한 사람은 없다, 가벨. 나도 그렇고, 너도 그렇고, 네 동생들도 그렇지. 다 가진 것 같지만 다들 하나씩 부족한 것이 있는 법이다."

현 황제가 황제의 자리에 올라오기 전까지만 하더라도 내전 상태에 돌입할 뻔했다. 그만큼 황위 계승권을 둔 싸움은 치열한 것이다.

그때와 달리 지금의 황자들은 순수하게 누가 공을 세우느냐에 따라 황위를 얻으려고 하고 있다. 그렇게 해 주는 것만으로도 감사할 따름이다.

"너무 그런 것에 연연하지 말거라. 넌 어렸을 적 순간적인 기지를 발휘하는 능력이 대단했다. 네 덕분에 좀처럼 쉽게 풀어 나가지 못하던 국정을 해결한 적도 있었지."

"제가 그런 적이 있었습니까?"

전혀 기억에 없는 일이다.

다 큰 지금도 국정을 논할 때 힘들고 복잡한데, 어렸을 적에 황제도 쉽게 풀지 못한 국정을 해결했다고 하니 의아할 수밖에 없었다.

그저 자신을 위로하기 위해 건넨 말이 아닐까 했지만, 황제의 눈빛을 보니 사실을 말하고 있는 것 같았다.

"네가 아주 어렸을 적에 있었던 일이다. 기억이 안 나는 것도 무리가 아니지. 그나저나 옛일을 떠올리다니. 나도 늙긴 늙었구나."

과거보다 미래를 먼저 그리던 황제가 최근 과거를 떠올리는 때가 많아졌다.

앞으로 나아가는 것만을 중시했는데, 이제 옛날이 그리울 만큼 나이를 먹긴 먹었구나 싶었다.

잠시 추억에 잠기던 황제가 다시 현실로 돌아왔다.

"한데 손에 들고 있는 것은 무엇이더냐?"

황제의 시선이 가벨이 손에 들고 있는 약병으로 향했다. 가벨은 흠칫 놀라며 약병을 뒤로 숨겼다. 침소 안에 들어오기 전부터 망설이던 것이 바로 이것이다. 이 약을 황제에게 먹일 것인가, 먹이지 말 것인가.

패륜을 저질러야 한다는 것이 그를 가장 망설이게 만들었다. 거기다 이런 이야기를 나누니 더욱 마음이 쓰였다.

"무엇인데 그리 뒤로 숨기는 것이냐?"

"그것이⋯⋯."

가벨은 어떻게 말해야 하나 아주 짧게 고민하다가 곧 이를 악물었다.

'그래, 황제가 될 수 있는 기회다. 이걸 놓쳐서는 다음 기회가 없다고 하지 않았던가!'

아루스가 세기어 왕국의 사절로 간 지금이 절호의 기회라고 했다. 아니, 이번 기회가 지나면 자신은 영영 황제의 자리에 앉을 수 없을 것이다. 다음 기회는 없을지도 모른다. 그 생각이 가벨을 움직이게 했다.

그는 떨리는 손으로 뒤로 숨겼던 약병을 앞으로 내밀었다.

"시, 실은 소자가 아바마마를 위해 구한 약입니다."

"동방 최고의 약재를 먹었어도, 비숍급 프리스트의 신성 마법으로도 고치지 못하는 병이다. 그것이 효과가 있겠느냐?"

황제가 너털웃음을 쳤다. 이미 약을 먹어도 소용이 없다는 걸 잘 알고 있다. 단지 수명을 늦추는 것일 뿐. 하루가 다르게 쇠약해져 가는 몸이 느껴졌다. 황자가 건네는 약을 먹는다고 해서 결과가 달라지지 않는다는 것을 황제는 알고 있는 것이다.

"그래도 전 지푸라기라도 잡고 싶은 심정입니다."

"그러하더냐?"

황제가 가벨이 보는 앞에서 약병을 받고서 바로 입 안으로 털어 냈다. 많이 썼던 모양인지 황제가 인상을 찌푸리며 입술 사이로 흐른 약을 소매로 닦아 냈다.

"네가 구한 약이 생각보다 좋은 모양이로구나. 벌써부터 원기가 도는 기분이야."

"그, 그렇습니까?"

포션도 아니고, 마신 직후에 바로 효과를 볼 수 있는 약은 세상에 없다.

아니, 그것보다 애초에 황제에게 건넨 것은 약이 아니라 독이다.

자신을 안심시켜 주는 말이란 것을 잘 아는 가벨이 양심의 가책을 느끼기 시작했다. 뒤늦게 후회를 했지만 이미 돌이킬 수 없는 상황이었다.

"소자는 이제 물러나겠습니다. 아바마마."

"그래. 다음에는 쾌차했을 때 보자꾸나."

황제는 졸음이 오는지 눈이 점차 감기고 있었다. 가벨이 채 나가지도 않았는데 이불로 몸 전체를 덮고 눈을 감았다.

가벨이 빈 병을 들고 침소 밖으로 나왔다.

침소 밖으로 나오니 그 앞을 지키던 가론이 자신을 보고 있었다. 그는 가벨의 손에 들린 빈 병을 보고 만족스럽게 웃었다.

빈 병을 들고 왔다는 건, 그 내용물이 누구의 뱃속에 있는지에 대한 명확한 증거이기 때문이다. 가벨은 말없이 그저 한 번 눈길을 주고는 황제의 침소에서 멀어졌다.

'정말 내가 잘한 것인가? 이렇게 황제의 자리에 올라서 내가 만족할 수 있다는 말인가? 정말…… 이것이 최선이었는가?'

문득 자신에 대한 회의감이 밀물처럼 몰려들었다.

*　　　*　　　*

파바바바박!

알 수 없는 소리가 그의 귀를 때렸다. 몸에 화살이 박히는 소리가 참으로 요란하다 싶었다. 다시 리셋을 겪고 처음부터 해야 한다고 생각하니 막막하게 느껴졌다.

그러나 아무런 고통이 느껴지지 않는다.

혹시 고통을 느낄 새도 없이 즉사해서 다시 리셋이 된 건가 싶었지만, 아니었다. 그는 이바나의 몸을 자신의 육신으로 덮은 그대로였다.

"발렌, 무사해?"

익숙한 목소리가 그의 귀에 닿는다. 그가 눈을 제대로 뜨고 뒤를 돌아보았다. 그곳에는 낯익은, 하지만 여기 있을 리 없는 이의 뒷모습이 있었다.

"레딘?!"

발렌은 의아한 시선으로 레딘을 바라보았다. 그는 고개를 돌려 가볍게 미소를 지어 주며 그를 바라보더니 다시 바하족들을 바라본다. 그러나 발렌의 앞에는 레딘만 있는 것이 아니었다. 아루스와 세기어 왕국의 근위병들이 방패를 든 채 그들의 주위를 에워싸고 있었다.

"늦지 않아서 다행이군. 조금이라도 지체했으면 돌이킬 수 없을 뻔했어."

"이게 대체 어찌 된……?"

발렌은 의아한 시선으로 레딘을 바라보았지만, 그는 말 없이 고개를 돌렸다. 그의 시선이 레딘에게서 이바나로 향했다. 그녀는 어깨를 으쓱였다.

"내가 서신을 보냈어. 드워필리지에 야만족들이 쳐들어 올 거라고."

발렌은 무례할 거라 생각해서 왕성으로 연락해 도움을 요청하는 방법은 엄두도 내지 못했는데, 이바나는 거리낌 없이 보냈다. 발렌이 멍하니 이바나를 바라보고 있는데, 그녀는 아무렇지 않은 듯 대답했다.

"한 명이라도 더 있는 게 좋잖아? 후훗, 사실은 레딘에게만 보낸 거야. 황자 전하께서 직접 오실 줄은 나도 예상치 못했어. 그나저나 언제까지 이러고 있을 거야? 이제 그만 떨어져도 되지 않아?"

발렌은 자신이 이바나를 꼭 끌어안고 있다는 것을 확인하고 곧장 떨어졌다.

그 모습을 지켜본 아루스가 빙그레 웃었다.

"세기어 왕국과의 친교는 중요한 법이니까. 이렇게 이 나라에 빚을 만들어 두면 더더욱 좋은 일이지."

아루스는 외교 관계를 더욱 철저히 다지기 위한 일이라고 말하고는 있지만, 그 의도만 있는 것이 아닌 것 같았다.

"물론 내 누이동생을 몇 차례나 구해 준 것에 대한 보답이기도 하지. 이제야 제대로 그 보답을 할 수 있을 것 같군."

아루스가 씩 웃었다. 그는 개인적으로 그리 생각하고 있던 모양이었다.

"레딘."

"예, 황자 전하."

"한번 대결해 보지 않겠느냐? 누가 더 저놈들을 더 많이 섬멸하는지. 예전부터 궁금하더구나. 너와 나 중에서 누가 더 강할지 말이다."

"감히 제가 황자 전하를 따라갈 수 있겠습니까? 하지만 노력하겠습니다."

"마음에 드는구나. 한데 이 주위의 마나가 상당히 불안정하구나."

아루스도 마나가 불안정하다는 것을 느낀 것 같았다.

"저기 갈색 늑대 모피를 걸친 녀석이 행한 일입니다. 주술이라는 그들 고유의 마법을 사용하는데, 대기 중에 떠도는 마나를 불안정하게 만들어 마법의 사용을 훼방해 놓습니다."

"그래? 어쩐지 바하족이란 야만인의 공격이 있을 거라 국왕 전하께 말씀드렸더니 과장스럽게 놀란 이유가 있었구나."

아루스는 약간 신경만 쓰일 뿐, 크게 개의치 않는다는 듯 검을 뽑아 들었다. 레딘도 마찬가지다. 동시에 그들의 검에 아지랑이가 피어올랐다. 푸른색 빛의 마나와 황금색의 마나다. 색은 다르지만 휘황찬란한 빛은 위협적으로 날이 서 있었다.

"도대체 어떻게……?"

발렌과 이바나는 그 광경을 멍하니 바라보았다. 마법을 쓸 수 없는 발렌과 이바나와 달리 그들의 검에는 마나가 모여 오러를 만들었기 때문이다.

"비록 마나가 불안정하기는 하지만, 숙련된 이들에게 이 정도는 아무것도 아니지."

그리고 레딘이 이 불안정한 마나 유동을 확인하며 한 마디 했다.

"위저드 초입과 익스퍼트까지는 확실한 효과를 볼 수 있겠습니다."

"우리들에게는 별로 영향이 없다는 소리지."

오러 나이트인 그들. 당연하지만 그들은 검에 대한 재능에 있어서는 제국에서 손꼽힐 만큼 두각을 드러내는 자들이다. 이 정도는 아무것도 아니라는 듯 말하는 게 확실히 어마어마한 사람들이구나 싶었다.

그들의 검에 씌워진 각각의 오러를 보고 녀석들이 당황했다. 설마 자신들의 주술이 통하지 않는 이들이 있을 거라고는 상상도 못한 것이다.

"자, 이제 잡담은 끝이다. 레딘, 시작해 보자꾸나."

"예, 황자 전하!"

그리고 둘은 누가 먼저라고 할 것 없이 동시에 녀석들을 향해 도약했다. 그리고 정확히 30분 후. 바하족의 모든 전사들이 레딘과 아루스에게 일방적으로 섬멸당했다.

＊　　　＊　　　＊

드워필리지에 나타난 바하족 전사들의 수는 무려 400여명. 그중 발렌과 이바나가 초기에 상대한 수가 300명 정도고, 30명이 그 둘에게 쓰러졌다. 대략 200여 명을 레딘과 아루스 둘이서 상대한 꼴이다.

바하족들은 텔레포트 게이트를 타고 오는 것은 가능해도, 돌아가지는 못하는 것 같았다. 반드시 승리할 거라 자신하고 퇴각 방법에 대해서는 따로 생각해 놓지 않은 것인지, 우두머리를 잃은 그들은 우왕좌왕하며 제대로 된 대응을 하지 못했다.

나머지 100여 명은 왕성에서 온 근위병과 드워필리지의 주둔군이 이 도시를 봉쇄, 모든 퇴로를 차단하여 완전히 소탕했다.

야만족이 습격을 감행했던 오늘, 하루가 정말 길었다.

모든 것이 끝나고, 발렌은 그제야 안심할 수 있었다. 보나바르의 임무를 해결했다. 이제 더 이상 바하족 때문에 골머리를 앓지 않아도 되었다.

세기어 왕국의 국왕이 직접 행차해서 이 참변을 바라보았다. 바하족을 쓰러뜨린 것까지는 좋았지만, 그들만 희생된 것이 아니기 때문이다.

아무런 죄도, 전쟁과 전혀 연관이 없을 백성들도 바하족의 잔혹한 칼에 도륙되어 있었다.

"당장 텔레포트 게이트를 조사해 바하족이 어디서부터 탄 것인지 알 수 있도록 하라!"

세기어 국왕은 바하족이 다시는 설치지 못하도록 강경하게 대응하겠다는 듯 철저한 조사를 명했다.

또한 이번 사태로 고통을 받은 백성들을 위로하고 있었다. 한 나라의 군주가 국가적 재난 상황을 지나치지 않고 직접 행차하여 백성들을 위로하는 모습은 발렌에게도 진한 감동을 전해 주었다.

"과연. 드워필리지에 오는 길에 병영에서도 이 제보를 받았다고 하는데, 바로 이곳의 주둔군에게 알린 것이 발렌시아, 그대였다는 소리로군."

아루스는 사태가 끝나고서 바하족이 쳐들어올 것을 가장 먼저 알아차린 이가 발렌이라는 것을 알게 되었다. 이바나가 서신에 바하족이 쳐들어올 것임을 발렌이 알아차렸다고 적어 두었기 때문이다.

"어떻게 그들이 쳐들어올 것임을 알게 된 것이더냐?"

그리고 바로 원초적인 질문을 했다. 이 사실이 알려졌을 시 대답하기 난감해 정체까지 숨겼던 발렌이다.

발렌이 어떻게 대답할지 망설이는데, 이바나가 대신 답했다.

"발렌은 아주 드물게 예지몽이라는 걸 꾼다고 합니다, 황자 전하."

"예지몽? 꿈으로 미래를 볼 수 있다는 그것 말이더냐?"

"예. 그렇습니다."

발렌은 허무맹랑한 소리를 하는 이바나를 기가 찬 얼굴로 바라보았다. 감이 매우 예민한 사람 중에는 진짜 예지몽을 꾸는 사람이 있기는 하지만, 대부분의 사람들은 회의적으로 평가하기에 이러한 변명이 먹히지 않으리라고 본 것이다.

"그렇군. 마법이 아닌 것을 신뢰하기는 어려우나, 실제로 예지몽으로 미래의 벌어질 참사를 예견한 이가 몇몇 있었지."

예지몽을 꾼다는 말을 믿어 줄 줄은 전혀 예상하지 못했기에 발렌은 저도 모르게 황당함에 물든 표정을 지었다.

이바나도 이를 쉽게 믿어 주는 아루스를 보고 어찌 판단해야 할지 모르겠다는 듯 보였다. 그러나 둘 다 고개를 살짝 낮춘 덕분에 아루스에게 그 표정을 보이지 않았다. 이 와중에 레딘은 발렌을 뚫어지도록 바라보고 있었다.

'거짓이로군.'

거짓임을 알지만 레딘은 아무 말도 하지 않았다.

아루스도 아마 이를 눈치챘을 것이리라 생각해 흘깃 아루스를 바라보니 그도 이를 지적할 생각을 하지 않는 것 같았다. 자신에게 거짓을 고하는 것에는 분명 말하지 못할 이유가 분명 있으리라 생각한 것이다.

"주둔군이 올 때까지 시간을 벌고, 그 과정에서 30여 명을 둘이서 소탕이라. 마법사가 마법을 쓰지 않았으면서 그 인원을 상대하고, 거기서 공을 세우기란 정말 힘든 일이지. 거기다 그 중에는 위험한 인물인 주술사도 있었다지?"

확실히 검을 다룰 줄 일절 모르는 그들이 마법도 없이 30여 명을 둘이서 해치웠다는 건 정말 믿을 수 없는 일이다.

"실은 한 가지 마도구 덕분에 이렇게 시간을 벌 수 있었습니다."

"마도구?"

무엇인지 궁금해하는 아루스에게 이바나가 손목에 차고

있던 실린더를 풀어 조심스레 그에게 건넸다.

"실린더라고 하는 마도구인데, 포드라 불리는 드워프가 만든 물건입니다. 마법을 쓸 수 없는 환경에서 이만큼 시간을 번 것도 다 그 물건 덕분입니다. 발렌이 이 물건의 가치를 꿰뚫고 이번 전투에서 사용했습니다."

아루스가 실린더를 바라보았다. 발렌은 어떻게 사용하는 것인지 말해 주었다.

실린더에 대한 이야기를 들은 아루스는 놀라움을 감추지 못했다.

전쟁에서 마정석을 이용해 부족한 마나를 대체하여 강한 일격을 쏟아 내는 전술은 이미 있지만, 이 전술은 마법사들에게 한정되기 때문이다.

하지만 이 물건은 굳이 마법사가 아니어도 아티팩트를 쓰는 것처럼 큰 위력의 공격을 가할 수 있다는 의미도 되었다.

'이런 대단한 무기가 있다니. 모든 병사들이 이것으로 무장한다면 엄청난 군대가 되겠군.'

지금도 감히 바올라 제국을 건드릴 생각을 품는 국가는 없지만, 제국의 모든 병사들이 이 무기로 무장한다면 자신들과 동등하다고 생각하는 메이어 신성 제국조차 감히 무시하지 못하리라는 생각을 했다.

물론 마정석의 가격을 무시할 수 없기에 모든 병사들에게 무장시키는 것은 현실적으로 불가능에 가깝지만, 적은 수로도 적들에게 엄청 위협이 될 것은 사실이다.

"이런 무기가 있다면 벌써 세기어 왕국은 무장을 시작했을 터인데……."

왜 이런 엄청난 무기를 지니고 있으면서 이 무기를 이용해 무장을 하지 않는 것인지 도무지 이해할 수 없었다.

하나 그 이유를 발렌이 말해 주었다.

"실린더는 마도구 공방에서 인정받지 못해 납품하지 못하고 있습니다. 재고도 꽤 쌓여 있고, 빚도 있다고 합니다. 아마 포드는 빠른 시일 내에 실린더를 모두 녹이고 다시 본업으로 돌아갈 겁니다."

리셋 전에 포드의 입으로 직접 들었던 말을 그대로 전해 주는 발렌.

아루스가 말했다.

"혹 그자를 부를 수 있는가? 아니, 내가 직접 찾아가도록 하지."

아루스가 직접 만나고 싶다 말하자 발렌이 길을 안내했다. 중앙 광장에서 포드의 대장간까지는 그렇게 멀지 않았다. 발렌이 포드의 대장간 문을 두드렸다.

"안에 계세요?"

발렌이 문을 두드리자 안에서 인기척이 들려왔다.

"미안하지만 돈 한 푼 없으니 돌아가. 애초에 이 난리가 났는데 돈 받으러 오는 건 무슨 생각이야?"

그리고 빚쟁이가 온 것이라고 생각한 포드가 방문한 이를 확인할 생각도 하지 않고 문전박대를 했다.

발렌은 풋! 하고 웃었지만, 나머지는 전후 사정을 몰라 어리둥절한 표정을 지었다.

"저예요. 어제 실린더를 받아 갔던 사람."

"어제?"

그 말을 들은 포드가 그제야 목소리의 주인공을 떠올리고 문을 열었다.

"자네는……?"

포드가 놀란 얼굴로 발렌을 바라보았다. 설마 그가 또다시 이곳에 찾아올 줄은 꿈에도 몰랐기 때문이다.

"여긴 어쩐 일인가? 바하족이 쳐들어왔는데 피난하지 않은 건가?"

포드는 바하족의 사태가 시작되고서 바로 비밀 통로를 통해 피난했고, 사태가 끝난 것을 듣고 다시 비밀 통로를 통해 다시 집으로 돌아온 참이다.

"도피할 틈이 없었거든요. 아, 중요한 건 그게 아니라…… 제가 고객을 데려왔어요."

"고객?"

포드의 시선이 그의 뒤로 향했다. 발렌의 뒤에는 낯선 이들이 여러 명 있었다. 미남이 두 명, 미녀가 한 명. 고귀하고 기품이 넘쳐 보이는 자들이었다.

"딱 보아하니 우리나라 사람은 아니고. 바올라 제국의 귀족들이신가?"

"예, 맞아요. 한 분은 아니시지만."

그 한 분은 황자라는 것이 문제다. 포드는 그 의미를 모르니 딱히 신경 쓰는 기색 없이 그들을 안으로 들였다. 그가 고객을 데리고 와 줬으니 거절할 이유는 없었다. 그는 숫자에 맞게 의자를 두었다.

"차를 내올 터이니 잠시 구경이나 하고 있어."

포드는 낡은 주방에서 차를 끓이고, 발렌을 제외한 일행은 다들 대장간을 구경했다. 대장간 곳곳에 있는 무기들에게 눈길을 향하는 아루스와 레딘.

역시 기사라서 그런지 대장간에 왔을 때 가장 먼저 눈에 들어오는 것이 무기인 모양이다.

그들은 오랫동안 검을 잡은 만큼 검에 대해 잘 알고 있다. 꽤 낡아 보이고, 투박해 보이지만, 엄청난 명검이라는 것을 알 수 있었다. 포드가 보통 실력의 대장장이가 아니라는 것을 한눈에 알아볼 수 있었다.

잠시 대장간을 구경하는데 포드가 차를 들고 왔다. 그가 차를 내오자 다들 자리에 착석했다.

"흠…… 실린더를 가져간 지 얼마나 됐다고 벌써 고객을 데리고 오나? 자네, 의외로 능력자였구먼?"

"그렇게 됐네요."

발렌이 어깨를 으쓱였다. 그러나 포드는 한숨을 내쉬더니 고개를 저었다.

"미안하지만 안 돼. 실린더는 더 이상 만들지 않을 거거든. 회심의 결작인데, 아무도 알아주지 않으니 별수 없지. 실린더를 녹이려고 해체 작업을 하고 있었어. 오늘 중으로 모두 녹여 버릴 참이야."

"예? 왜요?"

"내가 말했잖아, 젊은 친구. 나도 입에 풀칠하고, 이 빌어먹을 빚에서 얼른 해방돼야 하니까. 시일은 좀 오래 걸리겠지만 빚은 금방 다 갚을 수 있을 거야. 그래도 과거에는 실력을 인정받는 장인이었으니까."

포드는 이제 현실을 받아들이고, 실린더를 제작한 도면까지 폐기하기로 결정한 참이다.

그에게 있어 실린더는 정말 희대의 결작이지만, 아무도 그것을 알아주지 않고 허무맹랑한 물건으로 취급하니 별수 없었다. 발렌이 난감한 시선으로 아루스를 바라본다. 그는 조용히 알벤드 차를 마셨다.

침묵이 대장간을 감쌌다. 차를 다 마실 때까지 잠자코 있던 아루스가 입을 열었다.

"그럼 그대가 실린더를 제작하는 데 필요한 것이 뭔가?"

"실린더를 제작하는 데 필요한 게 뭐냐고? 음…… 굳이 말하자면 이제 아무것도 소용이 없다고 말할 수 있지."

포드의 무례한 말투에 이바나가 깜짝 놀라고, 레딘이 인상을 찡그리며 칼 손잡이에 손을 댔다.

"감히 이분이 누군 줄 알고 함부로……!"

레딘이 칼을 뽑으려 하자 아루스가 손을 들어 제지했다. 자신은 괜찮다는 의미였다.

바올라 제국에서는 귀족에게 함부로 대하는 평민은 없지만 세기어 왕국에서는 귀족과 평민의 차이가 별로 없다는 걸 세기어 왕국에 오기 전부터 알고 있었다.

루가스 백작이 이쪽 문화에 대해 어느 정도 말해 주었기 때문이다. 레딘은 그가 제지해서 칼에서 손을 뗐지만 내키지 않는다는 표정이었다.

포드는 다른 나라의 귀족들이 오면 늘 보았던 반응이기에 딱히 개의치 않는 얼굴이었다. 이런 일을 당하는 걸 하도 많이 봐서 딱히 아무렇지 않은 것이다.

"미안하군. 대화나 계속 하지."

포드가 고개를 주억이고 입을 열었다.

"한두 개 구입하고자 하는 것쯤이야 아직 재고품이 있으니 팔 수 있지만, 그냥 녹여서 검으로 만들어 파는 쪽이 나한테 이득이어서 말이야. 같은 양의 철이라도 뭘 만드느냐에 따라 가격이 높아질 수도, 낮아질 수 있으니까."

포드가 과거에 야장이라 이름을 날렸던 것도 남들보다 뛰어난 무기를 만들어서였다. 그가 만든 무기들은 들이는 철에 비해 가격이 높게 책정되어 팔린다.

차라리 실린더를 원가에 파는 것보다 그걸 녹여서 검으로 만들어 비싼 값에 파는 게 그에게 이득인 것이다.

"이제 빚쟁이들에게 시달리는 것도 지긋지긋해. 미안하지만 이만 돌아가. 내 대장간에서는 더 이상 실린더를 취급하지 않을 생각이니까."

같이 이곳으로 따라온 안내인이 아루스에게 조심스럽게 귓속말로 그의 사정을 자세히 설명했다. 아루스는 그제야 그의 상황을 인지할 수 있었다.

자신의 전 재산을 들여가며 개발한 무기가 인정받지 못해 빚더미에 앉은 포드. 그 때문에 가정이 파탄 나고 그에게 남은 거라고는 대장간 하나뿐이라는 거다.

그가 지금까지 이것을 밀고 나갈 수 있던 것은 실린더의 납품이 가능하리라 믿었기 때문인데, 아무도 알아주지 않고 거절하니 이제 다시 본업으로 돌아가려는 것이다.

"이 나라에서, 그리고 마도구 공방에서 그대가 개발한 신무기의 가치를 알아주지 않는다면 내가 알아주면 되는 것 아닌가?"

"알아줘서 뭘 어쩌려고?"

"그대를 내 이름으로 전폭적으로 지원해 주도록 하지."

"뭐?"

포드는 황당한 표정이었다. 전폭적으로 지원해 주겠다는 의미가 꽤 상투적이기 때문이다.

"바올라 제국의 귀족 나리께서는 누구기에 그런 말을 하는 것인지……?"

살짝 움츠러든 듯 계속해서 반말을 고수하던 포드가 조심스럽게 존댓말로 물었다. 얼마나 지원을 해 줄지, 그리고 그를 뒤에 두면 뒷배경이 얼마나 커질지도 모른다. 꽤 높은 집안의 자식일 것이라 생각하기는 했지만, 아직 그가 황자라고는 전혀 상상도 못하고 있었다. 하지만 알게 모르게 풍기는 그의 분위기가 포드를 조심스럽게 만들고 있었다.

아루스가 빙긋 웃으며 자신의 정체를 밝혔다.

"난 바올라 황실의 차남 아루스 폰 바올라. 바올라 제국의 2황자다."

황자라는 말에 눈동자가 휘둥그레지는 포드. 평민과 귀

족이 거리감 없는 세기어 왕국이지만, 왕족은 다르다. 거기다 황족은 당연히 그 위에 있는 존재다.

명실상부 아이벤 대륙 최강국인 바올라 제국. 그런 나라의 황자이니 한 나라의 군주보다 권력이 더 높다고 볼 수도 있었다. 함부로 대할 수 없는 인물이라는 것임은 확실했다.

두 번째 리셋 때 바올라 제국 최고 귀족 중 한 명인 이바나 앞에서도 고개를 빳빳이 들고 있던 포드. 그런 그가 아루스가 황자라는 것을 알자마자 고개를 푹 숙인 채 어쩔 줄을 몰랐다.

"화, 황족……!"

그는 제대로 눈도 못 마주쳤다. 귀족도 아니고, 황족이라고 하니 그제야 자신이 꽤 무례하게 대했다는 걸 인지한 것이다. 더군다나 그는 자신의 나라에서 아버지라 여기는 바올라 제국의 황자가 아닌가.

이 나라에서는 타국의 귀족들에게 뭐라고 해도 딱히 벌을 받거나 하지 않지만, 왕족이나 황족은 얘기가 달랐다. 정말 예의를 갖추고 대우해야 하는 자들인 것이다.

"처음부터 나에 대해 알리지 않았으니 괜찮다. 어쨌든 그대가 만든 실린더를 모두 사들이는 건 물론, 내 이름으로 아국에 초청하고 싶군."

황자의 이름으로 바올라 제국으로 초청까지? 포드의 눈

이 휘둥그레질 수밖에 없었다.

바올라 제국의 황자가 자신의 이름을 걸고 전폭적으로 지원한다고 약조하는 것은, 지금까지 자신 스스로 얻은 명성보다 더 대단한 일임이 확실했다.

부와 명예, 둘 다 얻을 수 있는 일인 것이다.

"물론 나와 함께할 의사가 있다면 말이지만."

포드는 신중히 생각하기로 했다. 갑자기 자신에게 찾아온 엄청난 기회를 놓칠 수는 없지만, 그래도 신중해져야 할 필요가 있는 것이다.

"정말 실린더의 가치가 그 정도나 되는 것입니까?"

"그대가 말한 가치의 기준이 얼마나 되는지 모르지만 내 제안이 부족할 정도지."

그가 제안한 것이 부족할 정도라고? 아루스는 그만큼 실린더의 가능성을 높게 쳐주고 있는 것이었다. 그의 거짓 없는 눈빛에 포드도 쏙 빠져들 정도였다.

한참을 고민하던 포드가 고개를 끄덕였다.

"황자 전하의 제안에 따르겠습니다. 세기어 왕국이 아닌 바올라 제국에서 제 뜻을 펼치리라고는 상상도 못했지만 이 한 몸, 언제든 불사를 준비가 되었습니다!"

포드가 텅텅 자신의 가슴을 두드리며 자신감을 나타냈다.

"좋아."

아루스가 만족스럽게 웃더니 뭔가를 꺼내 그에게 건넸다. 묵직한 무언가가 잔뜩 든 주머니였다.

"남아 있는 실린더 재고를 모두 구입하겠다. 이 정도면 부족하지 않겠지?"

포드는 아루스가 건넨 주머니를 열어 안을 확인했다. 안에는 금화와 각종 보석들이 들어 있었다.

두 눈이 휘둥그레질 만큼 어마어마한 액수였다. 지금까지 그가 시달렸던 빚쟁이들에게 빚을 전부 갚고도 한참 남을 액수였다.

*   *   *

바하족의 일이 마무리되었다. 발렌은 더없이 가벼운 마음으로 하루를 보내게 되었고, 위기가 벌어진 그 이튿날로 넘어갈 수 있었다.

보나바르의 임무가 끝난 후 마음 편히 드워필리지를 돌아보고, 다시 세기어 왕성으로 되돌아온 발렌과 이바나.

세기어 왕국은 이번 사태의 피해를 최소화하는 데 일조한 발렌과 이바나를 대전으로 불렀다.

"그대들의 공은 아루스 황자에게 잘 전해 들었다. 정말 용감하게 잘해 주었어."

발렌과 이바나가 나란히 황제의 앞에 한쪽 무릎을 꿇고 예의를 갖추고 있다.

"미스 엘로이. 그대의 공은 절대 잊지 않을 것이네. 바하 족은 아국의 마법사와 용감한 기사들도 두려워하는 자들인데, 용감히 맞서 싸워 주었어. 세인브리트 마탑주의 이름에 명예를 드높였지. 아국은 엘로이 가문의 공적을 잊지 않을 것이다."

"황송하옵니다."

이바나는 정중히 고개를 숙인 채 대답했다. 세기어 국왕의 시선이 곧 발렌에게로 향했다.

"그리고 발렌시아."

"예, 국왕 전하."

"그대는 바올라 제국에서도 황녀를 구하는 것은 물론 흑마법사 사태도 막아 낸 인물이라고 들었다. 그대의 용감한 행동은 아국의 기사들에게까지 귀감이 되었다."

"황송하옵니다, 전하."

"용맹무쌍한 그대들에게 과인은 '알슈타이트'라는 칭호를 하사하는 바이다."

세기어 국왕이 손짓하자 그 옆에 있던 시종이 칼을 세기어 국왕에게, 망토를 발렌시아와 이바나에게 건네주었다.

순간 대전이 웅성거렸다. 알슈타이트가 뭔지 모르는 이 바나와 발렌은 그저 당황스러울 뿐이었다. 그러나 그들에게 세기어 왕국에서 칭호를 하사한다고 했을 때의 대소 신료들의 반응을 보면, 이 나라에서는 알아주는 칭호라는 것을 어림짐작할 수 있었다.

세기어 국왕이 왕좌에서 일어서며 칼을 뽑아 그들의 양 어깨와 머리에 순서대로 대어 의식을 진행했다. 모든 의식을 마친 그들이 자리에서 일어서고, 세기어 국왕이 팔을 양쪽으로 벌렸다.

"바올라 제국은 아국과 혈맹임을 다시 한 번 알게 해 주었다. 아국은 바올라 제국과 거짓 없는 진실한 우정을 계속 함께할 것임을 이 자리에서 약속하는 바이다."

친교를 위해 왔던 것이 발렌과 이바나에 의해 더욱 끈끈해졌다.

Chapter 05

새로운 황제는 누구인가 Ⅰ

<알슈타이트>

세기어 왕국의 고유 칭호. 기사와 마법사, 연금 술사에 상관없이 전투에서 공적을 세운 이에게 주는 칭호이다. 알슈타이트는 세습되지 않는 것이 원칙이며 공적을 세운자만 가질 수 있는 명예직이다.

—『각국의 명예로운 칭호』中 발췌—

*   *   *

알슈타이트가 어떤 칭호인지 제대로 인지한 것은 모든

의식이 끝나고 사절단 모두가 모여 있을 때였다. 루가스 백작은 알슈타이트의 칭호를 얻은 발렌과 이바나를 진심으로 축하해 주며 그 의미를 알려 주었다.

"그러니까 바올라 제국의 '슈발리에'와 비슷한 것이었군요."

최고의 기사라 일컫는 슈발리에는 전장을 뒤집어엎을 정도의 큰 공을 세운 이에게 주어지는 칭호이다.

하지만 차이점은 슈발리에는 오로지 기사직, 그러니까 검을 다루는 이들에게만 주어진다는 것이다. 반면 알슈타이트는 기사, 마법사, 연금술사 등 어떤 것에든 관계없이 공적을 세운 이라면 누구든 얻을 수 있는 최고 명예직이라는 것이다.

"발렌시아 알슈타이트. 갑자기 뒤에 성씨가 붙으니 뭔가 오묘한 기분이네요."

타국에서 주어진 칭호는 다른 국가에 가서도 성씨로 인정받을 수 있다. 바올라 제국도 예외는 아니어서 발렌은 이제 준귀족에 해당하는 신분을 얻게 된 셈이었다.

발렌은 자신에게 성씨가 생겼다는 것이 믿어지지 않는 반면 입에 착 감기지 않아 어색한 기분을 숨기지 못했다.

"말하다 보면 익숙해질 거야. 자랑스러워해도 될 일이야."

이바나가 발렌의 등을 찰싹 때리며 씩 웃어 주었다. 발렌도 민망한 듯 마주 웃었다. 발렌과 함께 세운 이번 공은 그녀에게도 세기어 왕국에 깊은 인상을 심어 준 계기가 되었다.

연금술사의 나라, 세기어 왕국과 지속적으로 친하게 지낼 수 있고, 교류도 할 수 있다는 생각에 그녀는 흥분을 감추지 못했다.

"그나저나 발렌 너의 경우는 알슈타이트 하나지만, 내 경우 성씨가 더 길어졌네."

귀족들에게 성씨란 자신의 가문의 역사 자체였다.

바올라 제국과 오랜 역사를 함께한 엘로이 가문. 당연히 엘로이 가문은 과거부터 공적을 많이 세웠으며 그만큼 많은 칭호를 받아 성씨가 매우 길었다.

줄여서 가장 처음 하사받은 엘로이라고 하지, 성씨 전체를 말하기도 힘들 것이다.

실제로 자신의 성씨가 너무 길어 다 못 외우는 귀족들도 수두룩하다.

"발렌도 많이 출세했네?"

이바나가 장난스럽게 웃었다. 그는 고개를 주억였다.

"그러고 보니 엄청 출세했네요. 전시 상황도 아닌 때에 평민이 이렇게 출세하는 경우는 정말 드문데."

전쟁은 영웅을 낳는다는 말이 있을 정도로 급작스럽게 신분이 상승되는 경우가 많다. 하지만 그런 전시가 아니라는 것을 감안하면 발렌은 엄청난 출세를 한 것이다.

이 소식이 가족들에게 전해지면 어떤 반응일까?

레이나라면 오빠가 대단하다며 자랑하고 다닐 게 분명하다. 그치만 어머니와 아버지가 어떤 반응을 보일지 좀처럼 감이 잡히지 않는다. 특히 시이나가 이것을 어찌 생각할지가 가장 큰 문제이기도 했다.

"축하연은 우리끼리 오늘 저녁에 열기로 하지. 미스 엘로이와 알슈타이트 경. 고생이 많았다."

알슈타이트라는 호칭을 받기 무섭게 바로 경을 붙여 쓰는 아루스. 발렌은 어색하면서도 쑥스럽다고 느꼈다.

그러면서 기분이 썩 나쁘지는 않았다. 누군가에게 '경'이라고 불릴 거라고는 상상도 못한 일이었다.

그것이 황자인 아루스에게 들으니 더더욱 좋게 느껴졌다.

"레딘."

"예, 황자 전하."

아루스가 레딘을 흘깃 바라보았다. 레딘은 아루스의 몇 보 뒤에 자리한 채 계속 호위를 하고 있었다. 일도 중요하기는 하지만 하루 종일 그러고 있으면 질리지도 않느냐는 듯한 눈빛이다.

"일도 중요하지만 자네의 벗에게 축하의 인사라도 남기는 게 좋지 않겠나?"

아루스가 옆에 있다고 하여 요지부동이었던 레딘. 덕분에 발렌과 함께 있을 일이 많았어도 대화를 많이 못 나눈 그들이었다.

레딘도 발렌에게 축하의 인사를 진작에 건네고 싶었으나, 일이 우선이라 아무 말도 못하고 있었다.

그가 일을 우선으로 두고 있다는 걸 잘 아는 아루스가 그를 배려하고자 루가스 백작에게 시선을 돌렸다.

"루가스 경, 둘이서 따로 할 얘기가 있습니다."

"그렇습니까?"

"레딘, 난 괜찮으니 잠시 쉬면서 피로도 풀고, 회포도 풀거라."

"예, 황자 전하!"

아루스는 레딘이 편히 대화할 수 있도록 루가스 백작과 함께 자리를 떠났다.

결국 방 안에는 발렌, 레딘, 이바나 셋만 남게 되었다. 그들이 사라지자 레딘이 그제야 편안히 자리에 앉아 발렌에게 가볍게 미소를 지었다.

"축하한다, 발렌시아."

"고마워, 레딘."

축하의 인사를 길게 하지는 않았지만, 그의 진심이 발렌에게 느껴졌다. 자신의 벗으로서 자랑스럽다는 시선이었다. 그의 얼굴에 미소가 떠나갈 줄 몰랐다.

"바올라 제국에 돌아가서도 알슈타이트라는 호칭은 꽤 유용할 거야. 앞으로 평민이라고 무시당할 일도 없고, 누구도 널 인정하지 않을 수 없을 테니까."

마법사가 마법을 쓰지 않고 야만족 서른 명을 둘이서 해결했다는 것이 알려진다면 엘리즈의 생일 연회 때처럼 그를 무시할 수 있는 이는 나오지 않을 것이다.

이미 위저드급 마법사라는 것이 알려지면서 무시할 수 없는 수준에 이렀지만, 이번 상황을 통해 마법을 쓰지 않아도 그 무력이 대단하다는 것을 입증한 것이나 다름이 없었다. 이전보다 그를 무시할 자가 적어질 것이다.

"그리고 황녀님께서도 이 사실을 알게 된다면 분명 크게 기뻐하시겠지."

엘리즈라면 진심으로 축하해 줄 것이다.

발렌은 세인브리트로 돌아갔을 때 엘리즈가 어떻게 반응할지 대충 예상이 갔다.

분명 대단한 공적을 세웠다며 자신을 치켜세워 주고, 자신의 일처럼 기뻐해 주겠지.

'그저 수행인으로 왔다가 공적을 세워서 돌아가다니. 보나바르의 말대로 점차 명예를 얻어 가고 있구나.'

자신이 이렇게까지 점점 곤란한 일에 휘말리고, 해결하여 명예를 쌓아 가는 것이 보나바르의 저주 때문이라고 짐작했다. 분명 그 저주 때문에 이런 엿 같은 일에 계속 휘말리는 거겠지. 그래도 최악의 결과에서 최선의 결과로 역사를 바꾸고 있으니 썩 나쁜 기분은 아니다.

발렌이 이바나에게 시선을 돌렸다.

"이바나 씨 덕분에 일을 해결할 수 있었어요. 정말 감사드려요."

"이 정도로 뭘. 어차피 내 목숨도 걸려 있던 거였잖아. 나도 살기 위해서 네 일을 도와야지."

자신의 목숨이 걸린 일이라지만, 실제로 이렇게까지 해 주는 것이 쉬운 일은 아니다. 그래도 발렌의 저주를 함께 헤쳐 나가 준 것은 고마운 일이었다.

"정말 그 어느 때보다 긴 하루였네요. 다시 한 번 고생하셨어요, 이바나 씨."

"너도."

정말로 바하족의 습격이 끝났다는 것을 만끽하며 발렌의 얼굴에는 미소가 떠나가질 않았다.

    *   *   *

바올라 제국. 수도 세인브리트의 황성.

황제의 병세가 점점 더 심해지더니 곧 환각 증세는 물론 자신이 누구인지조차 인지하지 못하는 상황에 이르렀다.

그 때문에 알테미아 교단에서 수많은 프리스트들이 파견 됐다. 24시간 시종과 함께 황제의 옆을 지키고, 한시도 눈을 떼지 않기 위해 두 명씩 한 조로 교대했다.

위급 상황일 때 즉시 대처할 수 있도록 말이다.

황제의 병세도 문제지만, 더 큰 문제가 아직 하나 남아 있었다. 그가 아직 차기 황제를 정하지 않았다는 것이다.

황제가 황위 계승권을 가진 황자나 황녀를 미리 정하지 않으면 정말 난감한 일이 많이 발생한다.

황위 계승권이 있는 자들이 서로 자신이 황위를 이을 후계자라며 난을 일으키는 경우가 부지기수이기 때문이다. 이로 인한 피해는 고스란히 백성들의 몫이다.

귀족들은 이를 염려했다. 혹시라도 황제가 후계자를 결정하지 않은 채 승하하면 이로 인해 황실에 엄청난 갈등이 나타날 게 뻔하기 때문이다.

누가 봐도 아루스가 황위에 걸맞은 인물이기는 하나, 가벨도 황위 계승권이 있는 이상 무시할 수 없었다.

"후우!"

가벨은 무거운 마음을 덜어 낼 방법이 없었다. 자신이 준 약을 마신 이후로 황제의 병세가 급격히 나빠졌다. 프리스트들이 치료를 하고는 있지만 전혀 방도가 없어 안심할 수 없는 단계인 것이다.

그는 황궁 정원에서 뒷짐을 쥔 채 돌아다니며 한숨을 몰아쉬었다. 뜨거운 입김이 대기 중에 떠돌며 사라졌다. 찬바람에 귓불은 물론 얼굴이 빨개지고 있는 것도 모른 채 서 있는데, 정원 입구로 익숙한 여인이 들어오는 게 눈에 들어왔다. 엘리즈였다. 그녀는 헐레벌떡 뛰어와 가벨의 앞에 섰다.

세인브리트 마탑에서부터 여기까지 마차를 타지 않고 직접 뛰어온 것인지 숨을 거칠게 내쉬고 있었다.

"엘리즈, 왔느냐?"

세인브리트 마탑에 있던 엘리즈가 황제의 병환 소식을 듣고 황성에 방문한 것이다. 그녀는 드레스를 입을 새도 없이 황제의 병환에 대한 이야기를 들어야 한다며 성화였다.

병세가 나쁘다는 소식은 들었지만 위독하다는 얘기를 들은 건 얼마 되지 않은 것이다.

"오라버니. 아바마마께서는요? 아바마마께서는 어떠셔요?"

"지금 위중하신 상태이시다. 의식을 찾지 못하고 계시다."

"세상에!"

그렇게 정정하던 황제가 며칠 사이에 의식을 찾지 못할 정도로 병세가 악화되다니. 그녀가 손으로 입을 막으며 눈물을 흘렸다. 한참 눈물을 흘리던 그녀가 물었다.

"아바마마가 위중해질 때까지 왜 절 부르지 않으신 거죠?"

"네가 크게 걱정할까 봐 그랬다."

"아루스 오라버니에게는요? 전령을 보내셨나요?"

"……."

가벨이 말없이 시선을 회피한다.

마찬가지로 알리지 않았다는 의미였고, 전령 또한 보내지 않았다는 의미이다.

"아루스는 바올라 제국의 황실을 대표해 사절로 나가 있다. 아루스가 이 사실을 알게 되면 외교를 하는 데 큰 지장이 생길 것 아니더냐."

"외교도 중요하지만, 황실도 중요한 문제잖아요!"

가벨의 말이 맞느냐, 엘리즈의 말이 맞느냐는 판단하기 힘들다. 외교도 중요하고, 황실도 중요하다. 가벨의 경우 외교가 중요하다 판단했고, 엘리즈는 황실의 일이 더 중요하다 판단했을 뿐. 물론 가벨의 경우에는 핑계에 가까웠지만 말이다.

"괜찮을 거다. 아루스가 돌아오기 전까지 아바마마께서 버티실 게다."

가벨은 엘리즈의 시선을 회피했다. 그녀는 가벨의 표정에서 황제가 그렇게까지 버티지 못할 것임을 읽을 수 있었다. 그만큼 황제가 상당히 위독한 상태라는 뜻이다.

"황녀님, 입성하셨습니까?"

황제의 최측근인 마셀이 다가왔다. 거의 잠도 자지 못했는지 마셀의 눈 밑에는 그림자가 짙게 내려앉아 있었다.

"마셀 경. 아바마마께서는요?"

"얼른 가 보셔야 할 것 같습니다. 황제 폐하께오서 의식을 차리셨사옵니다."

의식을 차렸다는 말에 기뻐해야 하지만, 엘리즈는 기뻐하지 못했다. 마셀의 표정이 좋지 않음을 안 것이다. 찬바람이 거세게 몰아치는 것 같았다.

엘리즈와 가벨이 황제의 침소로 이동했다. 마셀이 그들의 뒤를 따랐다. 황제의 침소에 거의 도착하자 시종들의 울음소리가 들려왔다.

엘리즈가 도착했어도 이를 반겨 주는 이는 없었다.

"황녀님. 오셨습니까."

한때 엘리즈의 시종이었던 알렉스가 그녀를 알아보았지만 반기지 못했다. 그저 인사나 겨우 건넬 뿐이었다. 알렉스는 목이 잠긴 목소리로 그녀를 맞이해 주고 침소로 안내했다.

침소의 모습은 가히 충격적이었다. 피를 토한 것인지 황제가 덮고 있던 이불과 입고 있던 옷은 붉게 물들어 있었다. 시종들이 이를 급히 치우고 있는 것도 보였다.

또한 황제가 허공에 대고 손을 휘저으며 무언가를 말하고 있었다.

그렇게 강해 보였던 아버지가 이렇게 연약한 모습을 보인 것은 처음이었다.

"어마마마. 아바마마. 거기 있으시옵니까?"

그는 이미 세상을 하직한 조부모님을 찾고 있었다.

가벨이나 엘리즈는 기억도 하지 못하고, 제대로 뵙지 못한 조부모님이지만 황제에게는 부모였다. 황제도 한 사람의 자식인 것이다.

"아바마마!"

엘리즈가 허공을 휘젓고 있는 황제의 손을 붙잡고 눈물을 보였다. 그렇게 뜨겁게 느껴졌던 아버지의 손이 차가웠다.

"갑자기 무슨 일이더냐?"

가벨이 프리스트에게 묻자, 프리스트도 잠긴 목소리로
대답했다.

"황제 폐하께서 의식을 차리고 갑자기 각혈하셨사옵니
다. 이후 계속 저런 상황이십니다. 상태가 매우 심각합니
다."

"치유할 방법은?"

"없습니다. 시간을 끌 수는 있지만 황제 폐하께 고통을
더 연장시키는 것일 뿐입니다."

프리스트는 더 이상 황제에게 고통을 줄 수 없다는 듯 말
하고 있었다. 가벨도 양심의 가책을 느꼈다.

'아냐. 이건 내가 황제가 되기 위한 일이야. 아바마마께
서도 이 자리에 오르기 위해 정적을 제거하시지 않으셨던
가.'

현 황제가 지금의 자리에 앉을 수 있던 것은 제일 크게
공을 세웠기 때문이라고 세간에 많이 알려졌지만, 자신의
정적을 제거한 것이 가장 큰 이유였다.

당장 현 황제만 봐도 형제들끼리 피비린내 나는 암투를
벌이고 지금의 자리에 올라섰다.

역사적으로도 가족끼리 다투는 일은 굉장히 많았고, 급
사한 황제도 꽤 됐다. 잘 알려지지 않았지만 자신처럼 독살
등으로 정적을 죽인 이도 분명 있을 것이라 확신했다.

'그래, 난 그중 일부일 뿐이야.'

그는 애써 자신을 그렇게 합리화하며 양심의 가책을 줄이려고 했다. 그러나 마음의 짐은 오히려 더 무거워졌다.

"폐하, 남기실 말씀이 있사옵니까?"

마셀은 황제가 이제 마지막이라는 것을 알 수 있었다. 그의 눈에서 더 이상 생기라고는 찾아보기 힘들다. 흐리멍덩한 눈은 공허하게만 느껴졌다.

하지만 중요한 문제가 남아 있었다. 바로 황제가 아직까지 다음 후계자를 정하지 못 것이다.

"황제…… 새로운 황제……."

아직 후계자를 결정하지 않아 황위 계승권을 두고 다투고 있던 가벨과 아루스. 이를 지금이라도 결정하지 않는다면 추후 황제의 자리를 두고 문제가 심각해질 수 있었다. 가벨과 아루스 모두 황제의 자리에 오를 생각이 있었기에 황위 계승권으로 계속 다투고 있었으니까.

황제는 의식을 차렸어도 넋이 나가 있었지만 이 문제만큼은 제정신이 아닌 상황에서도 확실하게 말하려고 하고 있었다. 황제가 힘겹게 손을 들었다.

"새로운 황제…… 새로운 황제는……."

생기가 없는 황제의 눈이 더욱 빛을 잃어간다. 그의 숨이 더욱 거칠어진다. 그때 황제와 가벨의 눈이 딱 마주쳤다.

초조한 듯이 자신을 바라보는 가벨의 눈을 바라보던 황제. 그 눈의 초점이 점차 흐려진다.

"가벨……."

끝까지 말을 마치지 못한 황제의 손이 침대 위에 떨어졌다. 숨을 거두고 만 것이다. 이를 지켜보던 엘리즈가 침대 위에 떨어진 황제의 손을 붙잡았다.

"아바마마? 아바마마!"

"프, 프리스트!"

대소 신료들이 즉시 프리스트들에게 조치를 하라고 소리쳤다. 프리스트들이 일제히 신성 마법을 사용해 황제를 치유하려고 했지만, 소용이 없었다.

이후 완전히 생명의 불씨가 꺼진 황제가 두 번 다시 눈을 뜨는 일은 없었다.

'내가…… 황제라고?'

가벨은 황제가 자신을 지목했다고 하기에는 애매하지만 자신의 이름을 언급했다는 것에 주목했다. 그는 지금 이 상황에 믿기지 않는 듯 이미 숨을 거둔 황제를 뚫어지게 바라보았다.

＊　　　＊　　　＊

세기어 왕국의 실내 식물원.

아루스는 세기어 왕국과 계속해서 친분을 위해 노력하면서 세기어 국왕과 쥬디아와 사석에서 만나 즐거운 한때를 보내고 있었다.

바하족의 사건 때 한 치의 망설임도 없이 스스로 자원해서 도우러 직접 행차한 아루스.

세기어 국왕은 타국의 일임에도 직접 그가 뛰어나가 용맹하게 싸운 그를 진정한 기사라며 좋은 인상을 가지고 있었다. 쥬디아도 그의 용맹함과 근위병들에게 들은 무위에 감탄하고 있었다.

'보면 볼수록 매력적인 사람이로구나.'

아루스도 쥬디아의 매력에 조금씩 빠져들고 있었다. 또한 세기어 국왕은 그가 바올라 제국으로 돌아가기 전 자신과 대련할 수 있는 영광을 주겠다고 했다.

검사로서 다시 없을 행운이라고 볼 수 있는 기회였다. 지금까지 단 한 번도 마스터의 힘을 본 적이 없는 아루스는 이를 고대하고 있었다.

마스터의 경지에 있는 자가 직접 대련에 응해 주겠다는 것은 쉽게 체험할 수 없는 일이다.

진귀한 일이니 아루스가 잔뜩 기대하는 것도 무리는 아니다. 귀국길에 오르는 건 이제 일주일도 남지 않았다. 정확히는 나흘 후다.

그 안에 대련할 생각에 흥분을 감추지 못하는 아루스.

그렇게 즐거운 한때를 보내며 대화를 나누는 그때, 누군가가 실내 식물원 내부에 들어왔다. 세기어 국왕의 시종이었다.

세기어 국왕과 아루스, 쥬디아의 시선이 시종에게로 향한다. 중대한 일이 아니라면 이런 사석인 자리에 시종은 들어올 수 없다.

시종이 예를 갖추고 한 걸음 앞으로 나오며 한쪽 무릎을 꿇었다.

"국왕 전하. 급보이옵니다."

"급보?"

"현재 바올라 제국의 황제의 병이 심각하다는 소문이 돌고 있다고 합니다."

아루스의 귀가 쫑긋하며 찻잔을 입에 가져가던 손이 멈췄다. 아루스는 세기어 국왕의 시종에게 시선을 향했다.

"황제께서 병이 심각하다니? 그건 무슨 소리인가?"

"진위 여부는 확실치 않으나 황성 밖으로 이 얘기가 빠져나가는 것을 막으려고 하여 신빙성이 꽤 있다고 판단됩니다."

찻잔을 내려 놓은 아루스는 자신의 두 귀를 의심했다. 혹시 자신이 잘못 들은 것인가 싶었다.

세기어 국왕과 쥬디아가 조심스레 아루스를 바라본다. 그는 방금 전까지 계속 미소를 보인 것과 달리 심각한 얼굴로 시종을 바라보고 있었다.

"혹 다른 소문은 없는가?"

아루스가 조심스럽게 시종에게 물었다. 그러나 시종도 자세한 얘기를 잘 모르는 눈치였다. 그도 전해 들은 얘기인 것이다. 하기야, 바올라 제국과 이 나라의 거리가 얼마나 되는데. 이곳까지 소식이 당도하는데 꽤 걸리는 것만큼은 확실했다.

"너무 걱정하지 말게. 별일 없을 것이야."

세기어 국왕이 그를 위로하고, 쥬디아는 아루스에게 아무 말도 못하고 입을 꾹 다문 채 그를 걱정스레 바라만 보았다. 아루스도 고개를 끄덕였다.

그저 소문은 소문일 뿐이라고 생각하려고 했으나, 그런 소문이 퍼지는 게 쉬운 일이 아니라는 불안한 생각도 들었다.

'게다가 황성 밖으로 퍼지는 걸 막으려고 했다는 것은…….'

그 말대로 신빙성을 더해 주고 있었다. 황성에서 중대사가 있을 때마다 백성들에게 퍼지지 않기 바라는 것은 대부분 막으려고 노력하는 편이다. 하지만 막을 수 있는 소문도 있는 반면, 막을 수 없는 것도 존재한다. 황제의 병세에 관한 얘기라면 막으려고 해도 쉽게 막을 수 없는 소문일 것이다.

"국왕 전하!"

이번에는 다른 이의 목소리가 들려왔다. 이번에는 병장기 소리였다.

실내 식물원에 근위병이 와서 가슴에 주먹을 얹고 가볍게 목례한다.

"국왕 전하. 바올라 제국의 황녀라고 밝힌 이가 텔레포트 게이트를 타고 왔습니다."

"황녀?"

"예. 바하족 사건도 있었고, 이렇게 갑자기 황녀께서 텔레포트 게이트를 타고 오실 만한 이유가 없기에 당장 조사하려 했지만, 아루스 황자 전하를 당장 뵈어야 한다고 하여 우선 기사들이 보호, 감시하고 있습니다."

황녀가 아닐 수도 있지만, 만약에라도 황녀가 맞을 수도 있다. 그렇게 되면 타국에서 방문한 손님에게 무례를 범하는 것이기에, 일단 그렇게 조치를 취한 것이다. 세기어 국왕은 잘했다며 고개를 주억인 뒤, 물었다.

"생김새와 입고 있는 복장은 어떠한가?"

"아루스 황자 전하와 같이 머리는 금발이고 눈동자는 에메랄드빛입니다. 드래곤이 새겨진 금으로 된 엠블럼도 가지고 있고, 사절로 온 미스 엘로이와 비슷한 로브를 걸치고 있었습니다."

그것만 들어도 충분했다.

금으로 새겨진 드래곤 엠블럼. 그것은 오로지 아이벤 대륙에서 바올라 제국의 황실 사람만이 가질 수 있는 엠블럼이다. 거기다 마탑의 로브를 입고 있었다니, 틀림없는 엘로이였다.

"아루스 황자. 그대의 누이동생이 맞는가?"

"미스 엘로이와 같은 복장을 했다면 확실합니다. 그녀는 황녀이기도 하지만 세인브리트 마탑의 마법사이기도 합니다."

"엘리즈 황녀를 정중히 모셔 오게."

세기어 국왕의 명령이 떨어지자 근위병이 절도 있게 경례하며 실내 식물원 밖으로 나간다.

'엘리즈. 여긴 어쩐 일이더냐?'

아루스는 방금 전에 들은 급보에, 엘리즈가 텔레포트 게이트를 타고 세기어 왕국에 왔다는 소식까지 듣자 더욱 불안할 수밖에 없었다.

＊　　　＊　　　＊

"엘리즈."

"오라버니……."

엘리즈가 정말로 아루스의 눈앞에 모습을 드러냈다. 엘리즈를 처음 만난 세기어 국왕과 쥬디아는 그녀의 미모를 보고 감탄하고 있었다.

'엘리즈 황녀님은 정말 아름다우신 분이시구나.'

왜 사람들이 엘리즈 황녀가 가장 아름답다고 하는지 이유를 알 것 같았다. 이렇게 직접 만나니 여자가 봐도 반할 만큼 아름다운 사람이었다.

"무슨 일로 텔레포트 게이트를 타면서까지 이곳에 온 것이더냐?"

엘리즈는 슬픈 눈빛으로 아루스를 바라보고 있었다.

"오늘 정오에 아바마마께서 승하하셨어요."

"뭐라고?!"

아루스는 믿기지 않는 다는 얼굴로 그녀를 바라보았다. 아니, 아루스뿐만이 아니었다. 그것을 듣고 있던 세기어 국왕과 쥬디아도 놀란 얼굴이다.

이제 막 황제의 병환 소문을 들었을 뿐이었던 그들. 그런데 이번에는 황제가 죽다니?

다른 사람도 아니고 황녀가 그리 직접 말하니 믿지 않을 수 없었다.

"오라버니께서 바올라 제국으로 오시기에는 시일이 오래 걸리겠다 싶어 제가 직접 오게 된 거예요."

전령을 보내면 그들이 돌아오는 길에 만나 소식을 전할 수 있지만 그래도 늦을 수밖에 없었다. 아루스가 문득 세기어 국왕을 바라보았다. 그의 의도를 읽은 세기어 국왕이 고개를 주억였다.

"무거운 얘기가 될 터이니 자리를 피해 주어야겠군. 편히 대화를 나누게."

세기어 국왕이 쥬디아를 데리고 이 자리를 피해 주었다. 둘만 남게 된 엘리즈와 아루스. 그들의 인기척이 사라지자 엘리즈는 연이어 더 충격적인 얘기를 해 주었다.

"아바마마께서 승하하시기 직전, 황제의 자리를 첫째 오라버니에게 물려준다고 선언하셨어요."

"뭐라고?"

아루스가 말도 안 된다는 듯 전령을 바라보았다. 황좌를 자신의 형에게 물려준다니? 지금까지 자신이 해 온 일들이 부정당한 느낌이었다. 하지만 그녀의 말은 아직 끝나지 않았다.

"하나 대소 신료들은 황제 폐하의 유언에 의심을 품고

있어요. 아바마마께서는 가벨 황자 전하의 이름을 언급하기는 하였으나 끝까지 말을 마치지 못하셨으니까요."

엘리즈는 그때 있던 일에 대해 자세히 말해 주었다. 황제가 죽기 전 유언을 남기려고 했는데 이름만 불렀기 때문이다.

"첫째 오라버니 측의 귀족들은 가벨 오라버니를 가리킨 것이라고 주장하고, 타 귀족들은 아바마마의 평소 말버릇대로 가벨이 아니다 라는 말을 하려던 거라고 주장하고 있어요."

타 귀족들. 아루스의 편에 있는 귀족들을 말하는 것이리라. 그 무엇이 되었든 정세가 복잡해져 가는 것만큼은 확실했다.

"그래서 형님께서는 어떻게 하고 계시지?"

"첫째 오라버니께서는 아바마마께서 자신의 이름을 불렀으니 자신이 후계자라고 하세요."

아루스가 얼굴을 손으로 쓸어내리며 한숨을 몰아쉬었다. 평소 황위를 물려받으려고 열심히 하던 가벨. 뜻대로 되지 않아 이리 치이고, 저리 치이기는 했지만 황위 계승권에 있어서 집요함을 보였었다.

포기하지 않는 게 대단하다고 생각하지만, 실질적으로 공을 많이 세운 것은 가벨이 아닌 자신이었다.

때문에 자신이 우세하다 생각했는데, 황제의 끝마치지 못한 유언으로 인해 이 기회로 자신의 정당성을 확고히 하려는 것이 확연히 보였다.

"내 쪽이 확실히 억측처럼 보이기는 하군. 하지만 아바마마께서 평소 그렇게 말씀하시는 것이 사실이기도 하고."

사석에서 자주 말하지만 대소 신료들이 모여 국사를 논하는 공석에서도 누구누구가 아니다 라는 말을 자주 하고는 했다.

"의회에서는 뭐라고 하지?"

"이번 일에 대해 뜨겁게 논쟁하고 있어요. 서로 편이 갈라져 언성이 높아 가고 있어요."

차기 황제가 누구인지 정해야 하는 중대사이다. 의회도 아루스의 세력과 가벨의 세력으로 나뉘어져 있다. 누가 황제가 되느냐에 따라 자신들의 운명이 좌지우지될 수 있는 문제이기에 의회도 꽤나 치열하게 논의할 수밖에 없는 것이다.

"서둘러 나도 귀국해야겠군."

이것은 바올라 제국의 앞으로의 미래를 결정지을 중대한 일이다. 아루스는 가만히 있을 수 없다는 듯 주먹을 말아 쥐었다.

아루스는 결국 텔레포트 게이트를 이용해 바올라 제국으로 귀국하기로 결정하고, 세기어 국왕의 도움을 받을 참이었다.

텔레포트 게이트를 열고 마나석을 배치하는 데 시간이 걸리는 탓에 아직 여유가 있었다. 마법사들이 많이 없는 나라이기 때문에 발동하는 데 부족한 마나는 마정석으로 이를 대체해야 했다.

사절단의 수에 맞게 준비하는 데 걸리는 시간이 대략 하루 정도.

갑작스럽게 귀국을 서두르라는 소식에 발렌과 이바나는 어리둥절한 표정일 수밖에 없었다.

그리고 그들은 엘리즈가 세기어 왕국에 온 것에 놀라고 있었다.

"리즈, 여긴 어쩐 일이야?"

이바나는 멍한 얼굴로 그녀를 바라보았다. 세인브리트 마탑에 있어야 할 그녀가 세기어 왕국에 있으니 놀라울 따름이었다.

"급한 일이 있어서 왔어."

그녀의 목소리가 낮게 가라앉은 것 같았다. 그리고 그녀의 얼굴에 희미하게 남아 있는 눈물자국을 볼 수 있었다. 자세히 들여다보지 않으면 알 수 없지만 발렌과 이바나는 그것을 즉시 알 수 있었다.

"혹시 갑자기 귀국하게 된 것과 연관된 일이야?"

"……"

엘리즈는 대답하지 않고 침묵했지만, 이바나와 발렌은 그것이 긍정을 표하는 것임을 눈치챘다.

어차피 알게 될 일이기도 하지만 사태가 심상치 않게 돌아가고 있음을 짐작할 수 있었다.

발렌의 촉이 그렇게 말하고 있었다. 그러나 그녀에게 당장 물어볼 수 없었다.

그녀는 어쩐지 상당히 지쳐 보였다. 지금까지 이런 모습을 단 한 번도 본 적이 없기에 낯설게 느껴질 정도다.

'리즈가 상당히 슬퍼 보이는구나. 어떻게 보면 넋이 나간 것 같기도 하고……'

소중한 무언가를 잃었을 때의 표정이었다. 발렌은 저 표정을 아주 잘 안다. 소중한 이를 잃었을 때의 얼굴이다. 리셋을 반복하면서 많은 걸 잃고, 다시금 되찾은 발렌이기에 잘 알고 있다.

"흑!"

결국 엘리즈가 눈물을 흘렸다. 이바나는 갑작스럽게 울

음을 터트리는 그녀를 꼭 끌어안았다.

이바나는 그녀가 편안히 울도록, 그리고 그녀를 위로하고자 발렌을 물리기로 했다.

"발렌. 잠시 나가 있어 줄래?"

"네, 이바나 씨."

발렌은 아무 말 없이 그녀의 부탁대로 잠시 밖으로 나가 있기로 했다. 그가 귀빈실을 나가자 안에서 엘리즈의 엉엉 우는 소리가 들려왔다.

방음이 제대로 되지 않는 귀빈실을 보고 혀를 차며 그가 귀를 막았다. 안 그래도 마법을 배우면서 오감이 좋아진 발렌이기에 그 소리가 더욱 크게 들리는 것만 같았다.

그는 울음소리가 들리지 않는 거리까지 멀리 나갔다. 밖으로 나오자 바로 정원이 보였다.

뒤숭숭한 마음으로 정원을 돌아다니고 있는데, 레딘이 보였다.

레딘도 발렌처럼 잠시 자리를 피해 있는 것 같았다. 다만 좀 다른 것은 발렌과 달리 레딘은 착잡한 얼굴이었다.

상념에 빠져 넋이 나간 얼굴로 손을 꼼지락거리면서 바닥을 바라보고 있었다. 발렌이 그를 불렀다.

"레딘."

"발렌시아……."

발렌이 그의 옆자리에 앉았다. 레딘은 하늘을 바라보며 한숨을 내쉬었다.

"무슨 일이 있는 거야? 지금 일이 심각하게 돌아가고 있는 거 같은데?"

"아직 못 들은 거야?"

발렌이 가만히 고개를 끄덕였다. 엘리즈가 이곳에 직접 찾아온 것도 그렇고, 갑자기 귀국을 결정한 것도 그렇고.

무언가 심각한 일이 있다는 것을 알아챌 수 있었지만, 자세한 사항을 말해 주지 않았기에 알 수 없었다. 아니, 물어보지 못했다는 것이 맞았다. 물어볼 수 있는 분위기가 아니었으니까.

레딘은 그 이유에 대해 말해 주었다.

"황제 폐하께서 승하하셨다고 한다."

"역시……."

가족 중 누군가가 죽은 게 아닐까 짐작은 했지만 그 사람이 설마 황제일 줄이야.

황제는 엘리즈를 가장 금지옥엽 키웠다. 그만큼 엘리즈에게 많은 사랑을 보냈을 테고, 그녀도 받은 만큼 황제를 사랑했을 것이다. 그리고 그만큼 아버지를 잃은 슬픔은 이루 말할 수 없을 것이다.

아루스가 급히 귀국하려고 한 이유와 엘리즈가 텔레포트

게이트를 타면서까지 이곳에 온 이유를 이제야 확실히 알 것 같았다.

"그리고 정치계도 상당히 복잡하게 움직이는 모양이야. 황제 폐하의 유언을 각 세력이 다르게 해석하고 있어서 말이야. 앞으로 누가 황위에 오르게 될지 짐작되지 않아."

발렌은 이 문제가 다음 황제가 누구인지에 대한 논의되고 있다는 것까지 알 수 있었다.

대부분의 역대 황제들은 황태자를 결정하기 마련인데, 지금 황제는 황태자도 정하지 않고 급사했다. 당연히 문제가 클 수밖에 없었다.

가벨과 아루스.

둘이 황제가 되기 위해 치열하게 경쟁을 했는데, 누가 다음 황위를 이어받을지 결정하지 않고, 그 결정자도 사라졌다. 결국 이 문제가 터진 것이다.

"별일 없이 무사히 끝날 거야. 걱정하지 마."

"나도 그랬으면 좋겠다."

정치라는 게 상당히 복잡하고 여러 가지 이해관계가 얽혀 있다 보니 발렌의 말처럼 쉽게 해결될 일은 아닐 것이다.

황제가 타계한 지 이제 고작 하루.

벌써부터 의회가 난리법석이니 나중에는 이 문제가 얼마

나 커지게 될 지 짐작하기 쉽지 않다.

*　　　*　　　*

이튿날. 텔레포트 게이트를 열 준비를 마치자 엘리즈를 포함해 바올라 제국 사절단이 그 위에 올랐다.

아루스가 세기어 국왕에게 예를 갖춰 인사했다.

"바하족의 일이 있어 텔레포트 게이트를 여는 결정이 어려우셨을 텐데, 이리 배려해 주셔서 감사드립니다. 국왕 전하."

"아니네. 바하족의 일을 막아 준 것에 비하면 별거 아닌 일이지. 그대와 대련하기로 약조했는데 지키지 못하겠군. 조심히 귀국하여 하는 일이 잘 되길 기도하겠네. 과인은 진심으로 황제 폐하에게 애도를 표하네."

세기어 국왕의 뒤에 서 있던 쥬디아가 조심스럽게 말을 건넸다.

"황자 전하, 약재 감사드립니다. 부디 하시는 일이 잘 풀리기를 기도할게요."

"감사드립니다, 쥬디아 공주. 저도 쥬디아 공주의 쾌유를 기도하겠습니다."

아루스는 세기어 국왕과 쥬디아 공주에게 바올라 제국식

최대의 예법을 보여 준 뒤 텔레포트 게이트 위에 올랐다.
아루스를 포함해 전원 텔레포트 게이트에 올라타자 세기어
국왕이 왕실 마법사에게 손짓을 했다.

　왕실 마법사가 주문을 외자, 텔레포트 게이트에서 빛이
터져 나왔다.

Chapter 06
새로운 황제는 누구인가 Ⅱ

<아이벤 대륙력 4197년 7월 13일>

바올라 제국의 황위 계승권 결정 방법은 매우 특이한데, 이는 초대 황제 세인브리트로부터 시작된 것이다. 그의 목적은 자신의 핏줄 중 뛰어난 인재가 황제가 되어 최강국으로 부상시키는 것이었다.

초반에는 그의 계획대로 들어맞았지만, 고인 물은 썩기 마련. 시대가 점점 지나고 인식이 바뀌며 바올라 제국의 독특한 황위 계승권은 점차 암투라는 성질로 변질되었고, 이로 인해 황실은 세대교체

가 이루어질 때마다 피비린내 나는 싸움을 시작했
다.

　나는 이 문제가 언젠가 쌓이고 쌓여 결국 한꺼
번에 터지게 될 것이라고 생각한다.

　　―『에드마디 후작의 일기』中 발췌―

　　　　　＊　　　＊　　　＊

　날씨도 포근하게 느껴질 정도로 바뀌었다. 빛이 터져 나
와 눈을 감았다가 떠 보니 어느새 풍경이 바뀌어 있었다.
목조 건물로 이뤄진 도시가 아닌, 벽돌로 된 거대한 성벽과
높이 솟아오른 탑이 보였다. 세인브리트 외곽이었다.

　20일 정도를 마차를 타야 도착하는 곳에서 순식간에 세
인브리트로 오게 된 것이다.

　발렌은 놀란 얼굴로 주위를 둘러보고 있었다. 텔레포트
게이트라는 것을 듣기만 했지 실제로 타 본 건 이번이 처음
이었다. 수많은 마법사들이 안전을 위해 텔레포트 게이트
주변에 몰려 있었다.

　텔레포트 게이트는 좌표만 알면 연결되어 있는 다른 텔
레포트 게이트로 갈 수 있는 구조다. 어떻게 보면 순식간에
다른 곳으로 이동할 수 있는 편리한 이동 수단으로 볼 수

있지만, 텔레포트 게이트는 상당한 위험이 따른다.

마법사가 조금만 실수하거나 마나의 배치가 잘못되면 순식간에 그 차원에 갇혀 영영 돌아올 수 없기 때문이다. 실제로 텔레포트 게이트를 타고 목적지로 가지 못하고 사라진 이도 적잖아 있다. 때문에 자주 사용하지 않지만 급한 일이 있을 때는 사용하기에 항상 마법사들이 배치되어 있다.

마법사들은 아루스와 엘리즈를 보고 예를 차렸다. 아루스가 입을 열었다.

"곧장 황성으로 간다."

세인브리트에 도착하자마자 그가 텔레포트 게이트에서 발을 뗐다. 엘리즈와 루가스 백작 등이 그를 따라간다. 이바나가 발렌에게로 고개를 돌렸다.

"발렌, 고생했어. 너는 세인브리트 마탑으로 돌아가도록 해."

"이바나 씨는요?"

"할아버지께서 황성에 계시다고 하니 나도 가 봐야지."

사절단이 귀국했다고 축하할 틈도 없어 보였다. 이번 사절의 공적을 어떻게 해 볼 틈도 없이 황제가 타계한 것이다.

이바나도 이 나라의 최고 귀족 중 한 명. 황제가 승하했다는 소식을 들은 이상 탑에 가만히 있을 수 없을 것이다. 부고를 들은 인근 영지의 귀족들이 모두 모여 황제의 장례를 지켜보게 될 것이다.

"알겠어요, 이바나 씨. 리즈를 잘 다독여 주세요."

그녀가 고개를 끄덕이고 황성으로 발걸음을 옮겼다.

*　　*　　*

황제의 부고가 알려지자 활기차던 세인브리트가 순식간에 조용해지고 울음소리만 들려왔다.

하지만 거리는 사람들로 북적거렸다. 수도에 거주하는 귀족들과 인근 영지의 귀족들이 황제의 마지막을 기리기 위해 황성으로 몰려들고, 백성들은 울고 있었다.

발렌은 거리의 낯선 모습을 보면서 세인브리트 마탑 도서관으로 돌아왔다.

"잘 다녀왔나, 발렌. 즐거운 귀국이어야 하는데, 오자마자 상황이 이래서 좀 그렇겠군."

도서관에 온 발렌은 제이프를 가장 먼저 만나고, 그런 말을 들어야 했다. 발렌이 어색하게 웃으며 고개를 끄덕였다.

"황녀님도 참 안됐지. 갑자기 황제 폐하께서 승하하셨으니까."

황제의 죽음은 너무 갑작스러웠던 터라 발렌도 놀랐는데, 아루스는 얼마나 놀랐을까. 세인브리트에 돌아오고 느낀 적막으로 그 분위기가 얼마나 엄숙한지 알 수 있었다.

수도에서 좀 떨어진 곳에 있는 알테미아 교단에서는 황제를 추모하기 위해 종을 치고 있었고, 떠들썩한 장내는 활기보다 엄숙함이 감돌았다.

수도의 백성들은 황제를 위해 여러 방법으로 추모하는 것이다.

"그나저나 올 때보다 짐이 늘었구나. 뭘 그렇게 많이 사 왔냐? 혹시 여행 기념 선물이라도 사 온 거냐?"

제이프의 시선이 늘어난 짐으로 향해 있었다. 발렌은 짐을 풀어 세기어 왕국에서 산 기념품을 꺼내 그에게 하나 건넸다. 안 그래도 지인들에게 줄 선물로 기념품을 잔뜩 구입해서 왔다.

그가 가지고 온 것은 나무로 만든 조각품이었다.

"바덴교에서 쓰는 조각품이에요. 세기어 왕국에서는 이걸 들고 다니면서 항상 기도한다고 하더라고요."

한 손으로 집을 수 있고, 간편하게 주머니에 넣어 다닐 수 있을 만큼 작은 조각품이다. 아주 작지만 세세하게 조각한 것에서 드워프들의 솜씨가 얼마나 대단한지 알 수 있었다.

"난 알테미아 님을 믿는다만?"

세기어 왕국의 대다수는 바덴을 믿지만, 바올라 제국의 대다수는 알테미아를 믿는다.

다른 신을 섬길 때 쓰는 조각품을 받을 수 없다는 듯 손사래 치는 제이프. 발렌이 미소를 지었다.

"저도 알테미아 님을 믿어요. 하지만 바덴은 알테미아 님이 가장 아끼시는 손주잖아요."

"그렇긴 하지."

발렌의 대답에 제이프가 납득하며 고개를 끄덕거렸다.

알테미아교를 믿는 사람이라면 다들 아는 것이 바덴은 알테미아가 가장 아끼는 손주라는 것이다.

실제로도 알테미아교와 바덴교는 매우 친분이 두터워 서로를 위해 기도하기도 한다.

"여기 자애롭게 미소 짓는 분이 알테미아 님이세요. 그 옆에 계신 분이 바덴 님이시고요."

알테미아와 바덴을 함께 넣어 만든 조각품. 드워프들은 알테미아를 믿는 관광객들을 위해 이런 조각품을 많이 만들어 팔고는 했다.

알테미아교와 바덴교의 우정을 상징하는 것 같아서 그런지, 관광객은 물론 현지인까지 거리낌 없이 사 가는 조각품이 되었다. 발렌도 괜찮다 싶어 기념품으로 구입한 것이다.

"그렇군. 이걸 들고 다니면 바덴교를 믿는 사람에게 보여 줘도 서로 거부감이 없겠어."

이 나라에서 바덴교를 믿는 사람이 많겠냐마는. 거대한 땅덩이를 가진 나라이기에 다른 신을 믿는 사람도 다수 된다. 신은 많고 그 숫자만큼 신을 숭배하는 사람이 있다. 종교는 달라도 서로 존중을 해야 하기에 다른 신자와의 충돌은 피하는 편이 좋다.

그는 이왕 짐을 푼 김에 세인브리트 마탑의 식구들에게 선물을 주자고 생각했다. 선물을 줄 사람은 아직 많았다.

발렌이 가방에서 수많은 기념품을 꺼내자 제이프는 그 양에 놀라고 있었다.

"이건 소피 아주머니에게 드릴 선물, 이건 접객실의 비서인 유나프 씨에게 드릴 것……."

조금이라도 얼굴을 알거나 친분이 있는 사람들 건 전부 사 온 발렌이었다. 혹시 몇 명 깜빡했을까 봐 여분으로 몇 개 더 사 왔다. 남으면 장식품으로 쓰거나 가족에게 보내 주면 그만이다.

물론 가족에게 보낼 선물도 함께 사 왔다.

그렇게 선물을 꺼내다 보니 어느새 포장된 그림까지 나왔다. 발렌이 그림을 보고 손을 멈칫거렸다.

"그건 뭐냐?"

아직 엘리즈에게 주지 못한 그림이 들려 있었다. 오로라가 그려진 그림이다.

"리즈에게 줄 선물이에요. 드워필리지…… 그러니까 드워프의 마을에서 산 거예요."

엘리즈는 지금 황성에 있었다. 아마 황제의 장례식이 끝날 때까지 황성에 남아 있을 것이다.

지금 건네 주기에는 상황이 좋지 않았다. 그녀가 마음을 전부 추스른 뒤에 그림을 주자고 생각했다. 늦은 선물이 되겠지만 그래도 이 그림으로 위안이 되었으면 좋겠다.

"드워프의 마을에 방문했다니. 정말 진귀한 경험이었겠구나."

그쪽에서 바하족이 습격을 감행했던 일에 대해서 전혀 모르니 부럽다는 듯 바라보는 제이프. 가문이 몰락하고 떠돌이 마법사로 돌아다녔을 때 그는 여러 나라를 돌아다녔지만, 세기어 왕국에 가 본 적이 없었다. 드워프의 마을에 대해서는 들었지만 그것을 들었을 즈음에는 도서관의 사서로 근무했을 때였다.

"혹시 그쪽에 대해서 말해 줄 수 있니? 궁금하구나."

언제 한 번 가 보고 싶어 했던 제이프는 얘기로라도 직접 듣고 싶어 하는 눈치였다.

발렌은 못 해 줄 것도 없었기에 고개를 주억이며 드워필

리지에 대해 이야기해 주었다. 물론 바하족과 관련된 일은
빼고 말이다.

*   *   *

황성에 도착한 아루스는 곧장 황제에게로 향했다. 황제
는 조용히 눈을 감은 채 관 속에 누워 있었다. 이 모습을 보
고 평소 강인하면서 자상한 모습을 보였던 아루스가 눈물
을 흘렸다.

"아바마마. 왜 여기에 누워 계시는 겁니까. 소자가 왔습
니다. 눈 좀 떠 보십시오, 아바마마."

아루스가 황제의 손을 붙잡았다. 온기가 전혀 남지 않은
황제의 손은 차가우면서 딱딱했다. 세기어 왕국으로 향하
기 전까지만 하더라도 위엄 있던 황제의 모습은 온데간데
없었다.

그 짧은 기간에 얼마나 병세가 심했는지 말해 주기라도
하듯, 건장했던 그의 몸이 왜소해 보이기까지 했다.

관에 누워 있는 황제를 봤을 때 자신의 아버지가 맞는지
의심했을 정도로 삐쩍 마른 모습이다.

'얼마나 병세가 심각했으면 이리도 마를 수 있다는 말인
가.'

식사도 제대로 하지 못했을 것이 분명하다. 오랫동안 병환으로 고통을 받았을 테니 마르는 것도 충분히 이해할 수 있었다. 그러나 근 한 달 만에 이리 변한다는 것은 그 고통이 얼마나 컸을지 짐작하기 쉽지 않았다.

한참을 황제의 곁에서 울던 아루스가 곧 밖으로 나와 마셀을 만났다.

"아바마마께서 언제부터 병세가 시작되었습니까, 마셀 경?"

마셀은 황제를 가장 가까이에서 모신 신하이다. 충신 중 충신이기에 황제에게도 쓴소리를 마다 않던 마셀. 그의 눈빛에도 슬픈 빛이 감도는 것이 보였다.

마셀이 애써 그 감정을 숨긴 채 답변을 했다.

"황자 전하께서 국경을 통과했다는 소식을 받았을 즈음입니다."

국경을 통과했다는 소식을 받았다는 걸 들었을 즈음이면 왕성에 도착한 지 좀 되지 않았을까 싶다. 세기어 왕국이 수도에서 가장 가까운 나라라고는 하지만 서신이 오가는 데 시일이 걸릴 수밖에 없었다.

"한데 왜 아무도 제게 전령을 보내지 않은 겁니까?"

"황제 폐하께서 황자 전하께 이 소식을 알리지 말라 하셨습니다. 금방 털고 일어날 것이니 괜히 외교에 지장이 생기지 않게 경거망동하지 말라고 하셨습니다."

아버지다운 말이다. 항상 국사를 우선시하던 그 모습이 머릿속에 그려졌다. 병세에 시달리고 있었으면서 나랏일을 우선으로 하다니.

그래도 자신에게 그 소식을 알리지 않은 것이 원망스러웠다.

조금이라도 일찍 전령을 보내 알렸다면 일정을 변경해 일찍 귀국길에 올랐을지도 몰랐다. 아버지의 임종도 보지 못하고 이렇게 떠나보내야 하는 것이 애석할 따름이다.

*　　　*　　　*

황제의 죽음이 알려진 첫날에는 의회가 떠들썩했지만, 장례식이 끝날 동안은 의회도 선왕에 예를 표하기 위해 조용해졌다. 장례식은 알테미아 교단에서 엄숙한 분위기로 진행되었다. 알테미아 교단의 교황이 직접 이곳까지 행차해 그의 장례식을 더욱 엄숙하게 해 주었다.

교황은 꽃을 황제에게 뿌려 주며 기도했다.

"아슬란 황제는 한 나라의 군주이자 알테미아 님의 진실한 신자로서 모든 이들로 하여금 존경받고, 뛰어난 정책으로 백성들에게 웃음이 떠나가지 않게 해 주었습니다. 현세에 머물렀던 황제는 이제 황제가 아닌 알테미아 님의 신자, 아슬란이 될 것입니다. 그를 받아 주시어 그 품으로 자애롭게 안아 주소서."

모든 이들이 눈을 감고 가지런히 손을 모아 기도를 한다. 경건한 분위기가 지속된다. 한참을 기도하면서도 모두 움직이지 않는다.

기도가 끝나자 모두가 눈을 떴다. 교황은 계속해서 장례 의식을 진행했다.

교황이 황제의 위에 꽃을 뿌렸다.

"아슬란 황제를 떠나보내기 전, 마지막으로 만나시지요."

교황의 말에 황실 사람들이 관으로 모여들었다. 황비는 눈물을 훔치지 못했고, 엘리즈는 황비를 끌어안으며 같이 울었다.

아루스는 황제의 마지막 모습을 바라보기만 할 뿐이었다. 눈시울이 붉어진다. 그러나 눈물을 꾹 참았다.

가벨은 이를 악물며 황제의 마지막 모습을 바라보았다. 또다시 죄책감이 그를 감쌌다. 정말 이렇게 하는 게 맞는 것인지 스스로에게 물었다. 스스로에게 물어봤지만 대답은 마찬가지로 '모르겠다.'였다.

황제가 되기 위한 방법이 이게 맞는 것인지, 틀린 것인지. 생각할수록 머리가 복잡해질 뿐이다. 그가 죄책감에 시달리는 것을 본 가론이 몇 번이고 신경 쓰지 말라고 했지만, 자신의 아버지를 죽이는 패륜을 저질렀는데, 어찌 신경 쓰지 않을 수 있을까.

약 5분 동안 그 모습을 바라보다가 교황이 손을 들자 시종과 사제들이 관을 닫았다.

사람들의 울음소리가 더 커진다. 시종들이 관을 들었다. 제단부터 나가는 길에 꽃을 뿌리기 시작했다. 이제 황제는 선왕들이 그러했던 것처럼 그의 모습을 본뜬 동상이 세워진 곳에 영원토록 후대의 존경을 받으며 묻히게 될 것이다.

*　　　*　　　*

장례식이 끝나고, 엄숙했던 세인브리트의 분위기가 다시 활기를 되찾았다. 다시금 거리는 어린아이들이 뛰어놀고, 시장이 열렸다. 황제의 장례식에 참석했던 귀족들도 돌아가고, 엘리즈도 다시 세인브리트 마탑으로 돌아왔다.

발렌은 엘리즈를 직접 찾아가 위로해 주었다.

"리즈, 괜찮아?"

"응."

"마음을 잘 추스르고 힘내."

"고마워, 발렌."

엘리즈가 웃어 보였으나 여전히 그 눈빛에는 슬픔이 묻어나온다.

발렌은 들고 있던 것을 그녀에게 건네주었다.

"이게 뭐야?"

"세기어 왕국에 들렀을 때 너에게 주려고 구입한 선물이야. 이바나 씨와 함께 샀어."

"뜯어봐도 돼?"

발렌이 고개를 끄덕이자 엘리즈가 포장을 뜯었다. 아름다운 그림을 볼 수 있었다. 선물은 마치 실제로 그 장면을 옮겨다 놓은 것 같은 현실적인 그림이었다.

"아름답다. 풍경 자체를 옮긴 것 같아. 그런데 밤하늘에 떠 있는 건 뭐야?"

"그게 오로라야."

"이게 오로라라고?"

책으로만 보았던 오로라를 그림으로 본 엘리즈가 놀란 듯 바라보았다. 비단이 깔린 것처럼 아름다운 빛이 밤하늘을 수놓고 있다는 구절을 이제 이해할 수 있을 것 같았다.

"응. 마침 우리가 드워필리지에 갔을 때가 오로라가 가장 절경인 날이 있었더라고. 그때 별똥별도 떨어지는데 정말 최고였어."

오로라가 절정인데 별똥별도 무수히 떨어진다. 천 년에 한 번 있을까 말까한 풍경이다. 세기어 왕국민들도 나라에 앞으로 좋은 일이 있을 거라며 떠들썩했었다.

발렌은 리셋을 반복하면서 그 장면을 여러 차례 목격해 이제 감동이 많이 희석되었지만, 그 광경을 처음 봤을 때는 넋을 잃고 바라보았었다.

그 감동을 오랫동안 만끽할 새도 없이 아침이 찾아오고 이바나가 침대에 살해된 채 누워 있는 장면을 목격했지만.

그림으로도 아름답지만, 실제로 보니 얼마나 더 아름다웠던가. 잠시 그 당시를 회상하고 있는데, 엘리즈가 때마침 떠올랐다는 듯 그에게 말을 걸어왔다.

"참. 이비한테 들었어. 세기어 왕국에서 큰 공을 세웠다면서? 알슈타이트 칭호를 받았다고? 슈발리에와 비슷한 칭호라던데. 정말 대단하다!"

"큰 공을 세운 것까지야……."

"아니야. 외국인이 타국에서 칭호를 받을 정도면 정말 어마어마한 일을 해냈다는 거야. 이건 자랑스러워해도 되는 거야."

더 큰 피해를 입을 수 있었음에도 발렌과 이바나가 습격 초기에 그들의 시선을 끌고, 지원군이 올 때까지 시간을 벌어 주었던 것이 공적으로 인정되었다.

황제가 현재 부재인 상태라 아루스는 황제의 장례가 끝나고 의회에 이번 일에 대해 말해 놓았다. 덕분에 이바나와 발렌은 나중에 황제가 결정되었을 때 이 일에 대한 공을 다시 한 번 더 치하 받게 될 것이다. 이번 세기어 왕국과의 친분을 위한 외교는 상상 이상의 성과를 거둔 것이나 다름이 없으니 말이다.

"흠흠!"

엘리즈가 헛기침으로 목을 풀더니 자리에서 일어나 로브 자락을 살짝 들어 무릎을 굽혔다 폈다.

"축하드려요, 알슈타이트 경. 타국에서 공적을 세워 성씨를 갖게 되었네요. 알슈타이트라는 이름에 부끄럽지 않게 앞으로도 정진하기를 기도하겠어요."

발렌이 기분이 좋으면서도 부끄러운 듯 시선을 살짝 피하며 머리를 긁적였다.

"적응이 안 돼서 부끄럽네."

마찬가지로 발렌도 헛기침을 하더니 어색하게나마 어깨 너머로 본 예법을 따라했다. 왼손을 오른쪽 가슴에 올리고 정중히 허리를 굽혔다.

"황녀님께서 친히 제 공을 인정해 주시고 격려해 주시니 몸 둘 바 모르겠습니다. 황녀님의 말씀을 받들어 앞으로도 정진하겠습니다."

"아하하! 발렌, 오른손을 왼쪽 가슴에 대고 인사해야 지."

"아, 그래?"

엘리즈는 어색한 인사법을 보고 크게 웃었다. 발렌도 하 하 웃었다. 잠시 황제의 일을 잊은 그녀는 다시금 본연의 미소를 찾았다.

*　　　*　　　*

스윽―

어둠 속에서 어떤 이의 인영이 보였다. 빛이 잘 비치지 않는 구역을 찾아다니며 황성을 이리저리 돌아다니는 수상 쩍은 이가 순찰을 돌고 있는 근위병들의 눈을 피해 어느 방 앞에 멈춰 섰다.

그는 망설임 없이 방문을 열고 안으로 들어와 조용히 문 을 닫았다. 침대에는 누군가가 이불을 뒤집어쓴 채 잠들어 있었다. 녀석이 품에서 단검을 뽑았다. 시퍼렇게 날이 선 칼날이 창문 사이로 스며들어 오는 달빛에 반사되었다.

녀석이 단검을 쳐들고 곧장 내리꽂았다.

푹!

"……?"

손끝으로 전해지는 감촉이 이상하다는 걸 느낀 자객. 사람을 찌르는 감촉이 아니었다. 녀석이 이불을 걷어 내자 그곳에 또 다른 이불이 말아져 있는 것을 볼 수 있었다. 이불을 부풀려 사람이 있는 것처럼 보이게 속임수를 쓴 것이다.

"누구냐."

"······!"

자객이 화들짝 놀라며 뒤를 향해 고개를 돌렸다. 하지만 자객이 고개를 돌리는 그 순간, 누군가 빠르게 녀석의 목을 제압했다.

그는 살벌한 얼굴로 자객을 노려보고 있었다. 어둠 속에서 에메랄드빛 시선이 빛나고 있었다.

"누군가가 이 방으로 조심스럽게 접근하려는 것 같더니 네놈이었구나. 이곳에 잠입해 망설임 없이 칼을 꽂으려고 했던 건 2황자인 것을 알고 한 것인가?"

자객이 손에 들고 있던 단검으로 찌르려고 했지만, 아루스의 손이 더 빨랐다. 그는 주먹으로 녀석의 손목을 붙잡아 꺾어 쉽게 제압했다. 자객이 들고 있던 단검을 놓쳤다. 그리고 괴로운 듯 눈살을 찌푸렸다.

"암살의 위협은 몇 번 받았지만, 한밤중 내 침소까지 잠입해 암살하려는 경우는 처음이로군."

아루스는 딱히 당황하거나, 무서워하는 기색이 없었다.

이미 익숙한 듯이 담담한 얼굴이었다.

"희한한 놈이로구나. 복면을 쓴 자객은 봤어도 가면을 쓴 놈은 네놈이 처음이다."

철컥!

"……!"

녀석의 신발에서 나는 소리였다. 그 짧은 순간 아루스는 녀석의 신발에 날붙이가 붙어 있는 것을 볼 수 있었다. 녀석이 발을 쳐들었다. 아루스가 녀석에게서 손을 떼고 뒤로 물러났다. 아슬아슬하게 공격을 피한 아루스. 자객이 풀려나기 무섭게 도망치려고 한 그때였다.

"황자 전하, 무슨 일이시옵니까!"

안에서 들려오는 요란한 소리에 순찰을 돌고 있던 근위병이 들이닥쳤다.

근위병은 곧 아루스와 대치하고 있는 자객을 볼 수 있었다.

"녀석을 잡아라!"

아루스의 외침에 근위병들이 자객을 향해 창을 겨누었다. 자객의 눈살이 더욱 찌푸려졌다. 아루스 한 명으로도 힘든데 근위병까지 있다면 임무가 더 힘들어진다. 달아날 곳은 없어 보였다.

"이 이상 쓸데없는 저항은 하지 않는 게 좋을 것이다. 투

항하라."

그 말을 한 것은 아루스였다. 자객은 까득 이를 깨물었다. 녀석이 기침을 하는가 싶더니 가면 사이로 붉은 피가 뚝뚝 떨어졌다. 자객의 신형이 무너졌다.

근위병들이 깜짝 놀라며 녀석을 살폈다. 이미 녀석은 강력한 독을 먹고 죽은 상태였다.

"독을 먹고 자결했습니다."

"……."

아루스는 쯧! 하고 혀를 찼다. 자객들은 이래서 싫었다. 지금까지 자신을 노리고 온 자객들은 하나같이 위기에 몰리면 어떻게든 자결을 했다. 이번에는 배후를 잡을 생각이었는데 마찬가지로 실패했다.

아루스는 인상을 찌푸리면서 녀석의 가면을 벗겼다. 녀석의 얼굴은 뭉개져 있었다. 화상 자국으로 얼굴 자체를 알아볼 수 없었다. 오래전에 생긴 화상이 아니라 최근에 생긴 것으로 추측되었다. 자신을 암살하기 전에 얼굴이 들통 날 것을 대비한 것 같았다.

"자신이 누군지 아예 모르도록 일부러 화상을 남긴 것이로군."

참 지독한 녀석이 암살자로 왔다 싶었다. 이 삼엄한 황궁에서 아루스의 침소로 몰래 잠입할 정도면 정말 뛰어난 실력자라는 소리인데, 그런 실력을 지녔으면서도 자신의 목숨을 쉽게 버릴 정도로 강단 있는 녀석이었다.

"황자 전하. 어찌할까요?"

근위병이 아루스를 바라본다. 그는 시체를 무심하게 바라보았다.

"녀석의 시체를 조사해 보도록 하라. 녀석의 정체를 조금이라도 알 방법이 있을 수 있으니까."

아루스는 녀석의 피로 더럽혀진 방을 바라보면서 한숨을 내쉬었다.

'아무래도 방도 옮겨야겠구나. 그리고 청소도 지금 당장 필요할 것 같고.'

내일 아침 일찍 시녀들이 방을 청소하려고 왔다가 피가 뿌려진 모습을 보고 놀라지 않도록 미리 언질을 해 줘야 할 것 같았다.

*   *   *

세인브리트 마탑. 도서관은 아직도 불이 켜져 있었다. 바로 발렌과 엘리즈 때문이었다. 내일이 휴일인 터라 밤늦게까지 책을 읽는 것이다.

도서관 숙직실에서 생활하고 있는 발렌에게 휴일에도 일

의 연장이라 의미가 거의 없기는 하지만, 하는 일이라고는 대여된 책과 반납된 책을 책꽂이에 꽂는 게 전부다.

대청소 때나 책이 들어오는 날이 아니면 대부분 여유롭다.

휴일에는 탑주의 제자라도 쉬는 날이다. 때문에 휴일이 되면 엘리즈도 도서관에 와서 책을 밤새도록 읽고 가기도 했다.

오늘은 이바나도 같이 왔다. 세기어 왕국에서 보내왔던 책을 아직 읽지 못해 그것을 다 읽겠다며 책을 대여해 가거나 이튿날이 휴일이면 도서관에 찾아와 읽고 가고는 했다.

"후아암~"

때마침 책 한 권을 다 읽은 이바나가 기지개를 하며 몸을 일으켰다. 기지개를 하니 눈가에 눈물이 살짝 맺힌 그녀. 벌써 새벽이었다. 그녀는 피곤한 듯 눈을 비비며 엘리즈와 발렌을 바라보았다. 자신이 기지개를 하는 동안에도 집중력이 흐트러지지 않고 책을 읽는 모습을 보니 혀를 내두를 정도였다.

"책벌레가 둘이나 있으니 볼만하네."

집중해서 책을 읽던 둘은 이바나가 말을 했는데도 여전히 책에 시선을 고정한 채였다.

"예? 무슨 말씀하셨나요?"

잠시 뒤에 이바나가 부른 것 같은 느낌에 발렌이 먼저 반응하며 물었다. '

이바나는 피식 웃었다.

"아니, 둘이 주위가 잘 안 보이도록 책 읽는 모습을 보고 질려 하던 참이야."

발렌은 그제야 밤이 매우 깊었다는 걸 인지했다. 휴일에는 원래 이럴 작정으로 책을 읽기는 하지만, 조금 늦은 것 같았다. 발렌은 창밖을 바라보았다. 별들의 위치를 보고 야심한 시각임을 알 수 있었다.

"확실히 밤이 깊었네요."

"발렌, 그러고 보니 넌 주말에도 조금씩 일하잖아. 안 자도 괜찮아?"

어느새 엘리즈도 책에서 눈을 떼고 발렌을 바라보고 질문했다. 그가 어깨를 으쓱였다.

"이런 걸 한두 번 하는 게 아니니까. 숙직실에서 지내는 대신 주말에도 일을 조금씩 하는 거라서. 거기다 주말에는 책 정리하는 게 전부니까 어렵지 않아. 무엇보다 마법을 배워서 그런지 몰라도 조금 안 잔다고 해서 피곤함을 느끼거나 하지는 않더라고."

마나를 몸에 쌓으면 잠도 줄고, 정신이 맑아진다고들 한다. 실제로 발렌이 느낀 것은 몇 시간 덜 자도 졸리지 않다는 것이었다. 실제로 저녁에 자도 새벽에 눈이 떠지는 경우가 부지기수였다. 지금 잔다고 해도 아침에 맑은 정신으로 일어나게 될 것이다.

일어났는데 졸려도 괜찮았다. 딱히 어려운 일은 아니니 졸린 상태로도 충분히 할 수 있었다. 무엇보다 1년 동안 휴일이 되면 이렇게 하기 때문인지 이제 익숙하기까지 하다. 도서관에 찾아와 책을 빌려가는 이들의 수는 매우 적다. 때문에 그것을 파악하는 것은 어렵지 않았다.

엘리즈는 도서관 내에서 가장 많이 빌려 가고 있고, 마탑에서 일하는 식솔들도 아주 가끔씩 발렌의 추천을 받아 빌려 가고는 했다. 마법사들은 자신들이 연구하는 것을 모를 때 마법서를 들여다보고 다시 꽂아 두고 돌아가는 게 전부이다.

사람들이 오고, 나가고, 미납된 것과 연체된 책을 확인하는 게 전부이기에 딱히 일이라고 할 것도 없었다. 무엇보다 휴일에는 도서관 문을 일찍 닫기 때문에 그때 문을 걸고 자면 그만이었다.

"이비, 우리도 이제 슬슬 가야될 것 같지 않아?"

엘리즈가 이바나를 바라보며 묻자 그녀가 고개를 주억였다. 이 정도면 확실히 책도 많이 읽었고, 이 이상 읽으면 발렌에게도 폐가 된다. 발렌은 괜찮다고 하겠지만 그래도 민

폐를 끼칠 수는 없는 노릇이다.

엘리즈가 책갈피를 꽂고 책을 원래 자리에 되돌려 놓은 그때였다.

발렌은 책장 바로 뒤에서 수상쩍은 기척을 느꼈다. 정확히는 책꽂이 뒤의 창문 쪽이었다. 어두워서 잘 보이지 않는 공간. 때마침 구름에 가려졌던 달빛이 창틈으로 들어왔다. 도서관의 창문으로 달빛이 새어 들어왔다.

그리고 어둠 속에서 검은 복장에 가면을 쓴 수상쩍은 자들을 발견할 수 있었다. 수는 세 명.

그들과 발렌의 눈이 서로 마주쳤다. 자신들의 위치가 들키기 무섭게 녀석들이 빠르게 움직인다.

"엘리즈, 피해!"

발렌의 외침에 엘리즈가 휙 돌아보았다. 이바나가 즉시 반응해 그녀를 밀쳐 쓰러뜨렸다. 한 녀석의 칼이 책꽂이에 허무하게 박혔다. 뒤이어 오던 남은 두 녀석이 쓰러진 엘리즈를 노린다.

"마나 애로우!"

발렌이 순식간에 캐스팅을 마치고 녀석들에게 마나 애로우 두 개를 발사했다. 푸른빛 덩어리로 이루어진 마나의 화살이 녀석들의 몸에 꽂혔다.

녀석들은 마나 애로우에 맞고 중심을 잃고 쓰러졌으나,

곧 다시 벌떡 일어났다. 엘리즈와 이바나가 즉시 일어나 발렌이 있는 곳으로 물러났다. 발렌이 소리쳤다.

"누구냐!"

"……."

녀석들은 말이 없었다. 품에 숨긴 단검을 꺼내 언제든 그들을 노리기 위해 준비하고 있었다.

"말은 필요 없다, 이거지?"

녀석들은 익숙하게 단검을 쥔 채 노려본다. 엘리즈가 그들을 바라보았다. 그녀의 눈은 차갑게 내려앉아 있었다.

"보아하니 나를 노리는 것이로구나. 황성에 있을 때부터 자객의 위협은 이미 있던 바. 하나 세인브리트 마탑에서까지 손을 뻗을 줄이야. 누가 보낸 것이더냐."

엘리즈는 보기 드물게 황녀의 신분에 걸맞은, 위엄 있는 모습으로 그들에게 물어보았다. 그러나 녀석들은 마찬가지로 아무 말이 없었다. 애초에 물어봐도 이런 반응일 것이라 예상했던 엘리즈와 이바나는 언제든 싸울 수 있도록 캐스팅을 준비했다.

저쪽도 셋, 이쪽도 셋. 자객과 마법사끼리의 싸움이다. 이쪽이 압도적으로 유리한 모습이다. 기습이 실패한 이상 가망이 없다고 판단했는지, 녀석들 중 한 명이 혀를 차더니 곧 휘파람 소리를 냈다. 그 소리에 맞춰 녀석들이 창문을 깨고 그쪽으로 몸을 내던졌다.

동시에 도서관 가득 알람 마법이 울려 퍼졌다. 밖에서 대기 중이던 순찰병이 도서관 문을 열고 들어왔다. 그들 중 사수가 소리쳤다.

"발렌, 무슨 일이야!"

발렌은 녀석들이 달아난 창문에서 시선을 떼지 않은 채 대답했다.

"자객들이 왔었어요. 아무래도 리…… 아니, 황녀님을 노리고 온 자들인 것 같아요."

"황녀님을?"

순찰병 사수가 부사수에게 말했다.

"당장 병영에 이 소식을 알리고, 자객들을 잡을 수 있도록 해!"

"예!"

부사수가 소리치며 곧바로 이 소식을 알리기 위해 병영으로 향했다.

발렌과 이바나, 순찰병 사수는 언제 또다시 들이닥칠지 모를 자객들의 위협을 배제하고자 병사들이 올 때까지 엘리즈의 곁을 지켰다.

아주 잠깐이었지만 황녀를 노린 자객들이 세인브리트 마탑에 몰래 침입했다는 것에 마탑은 비상사태에 돌입했다.

　황성과 세인브리트 마탑에 아루스와 엘리즈를 노린 자객
이 습격해 왔다는 소식에 세인브리트가 발칵 뒤집혔다. 그
어떤 곳보다 경계가 삼엄하다고 알려진 황궁과 세인브리트
마탑이 두 명의 자객에 의해 뚫렸으니 당연한 결과였다.

　세인브리트에 거주하는 백성들은 하루 일을 시작하고서
곧장 이 소식을 접했다. 이를 가지고 황제의 부재로 인해
황자들이 암투를 벌이는 것이 아닌가 의심하고 있었다.

　아직 자세한 건 밝혀지지 않았지만 그 여파가 큰 것은 확
실했다. 대놓고 말하지는 못하지만 벌써 이 주제로 떠들썩
했다.

　거리는 순찰병들이 돌아다니고 있지만, 소문이라는 것은
계속해서 퍼지기 마련이었다. 사람들은 어디든지 모이기만
하면 이 주제를 가지고 대화를 하고 있었다.

　"자네들 그거 들었나?"

　"뭘 말인가?"

　"제1 황자가 이 일을 진행했다는 것 말이야."

　"그게 참말인가?!"

　암투에 대한 얘기를 나누며 소곤소곤 말하고 있었다. 황

실을 모함하는 것과 다를 바 없기 때문에 황성에서 일하는 자가 이 얘기를 듣고 있다면 큰일 날 수 있기 때문이다.

"내 얘기를 잘 들어 보게."

다행히 이곳에는 황성에서 일하는 사람이 없는지 다들 꽃에 이끌린 벌처럼 모여들었다. 얘기를 시작한 자가 목소리를 낮추었다.

"제2 황자와 세인브리트 마탑에 있다는 제2 황녀는 자객이 찾아왔다는데, 제1 황자에게 자객이 전혀 오지 않았다고 하지 않은가."

"그렇지."

"그럼 말 다 나온 것 아닌가? 직접 보낸 게 아니라면 제1 황자 측의 귀족이 보낸 것일지도 모르지 않은가."

듣고 보니 맞는 말 같아 아무도 반박하지 않았다. 황성의 사소한 정보는 밖에서 호기심 가득한 모험 이야기처럼 그들에게 재밌거리였다. 특히 이런 자극적인 소문이 퍼지면 더더욱 흥미가 동해 추리를 하는 경우도 적잖아 있었다.

"듣고 보니 맞는 말 같군."

"제1 황자가 성품이 그렇게 악하다고 들었는데. 그렇다면 충분히 그럴 만도 하지."

다들 납득하는 분위기로 흘러갔다. 순찰병이 들으면 큰일 날 소리를 아무렇지 않게 하는 것은 이 식당의 사람들만

이 아니다.

이미 세인브리트 전체에 이 소문이 떠돌아다니고 있으니까. 그리고 전체적으로 가벨이 이 일을 진행했다는 것이 대다수의 여론이었다.

속닥속닥.

가벨을 향한 좋지 않은 소문이 계속해서 퍼지고 있었다.

*   *   *

"도대체 어찌 그들이 남들의 이목을 속이고 황궁과 세인브리트에 잠입해 들어왔다는 것이냐!"

가벨은 황성에 위치한 병영에 직접 찾아와 근위병들을 모아 소리치고 있었다. 황제가 될 것임을 자신하고 있는 가벨은 본격적으로 국사를 돌보고 있었다. 아직 정식으로 황위에 오른 것이 아니지만 황위를 이을 유력한 후보이니 황궁의 일에 적극적으로 개입하고 있는 것이다.

"그날 근무를 선 이들은 모두 두 걸음 앞으로 나와라. 황성을 순찰하던 이들도 마찬가지다."

당시 근무를 선 이들이 앞으로 한 발자국 나왔다.

"수상쩍은 자가 황궁 입구로 유유히 들어갔다는 제보가 있었다. 제보한 이의 말에 따르면 황궁 입구를 지키는 근위병들이 졸고 있었다고 한다. 소란이 일어나기 직전 입구에서 근무를 선 자들을 제외하고 한 걸음 뒤로 물러나라."

그의 명령에 안심하며 재빨리 한 걸음 뒤로 물러나는 근위병들. 그리고 황궁 입구에 경계를 서고 있던 딱 두 명만 남게 되었다.

"황궁을, 나아가서 황제를 지켜야 할 네놈들의 태만한 행동으로 인해 내 형제가 자객에게 위협을 받았다. 임무에 태만하여 황실에 위험을 초래한 그대들은 역적과 다름이 없다."

"황자 전하. 살려 주십시오!"

두 명의 근위병이 무릎을 꿇고 손을 빌었다. 그들은 역적이라는 말에 자신들이 어떤 상황을 맞이할지 짐작한 것이다.

"아니, 절대 용서하지 못한다. 네놈들을 대역 죄인으로 간주한다. 내가 직접 중앙 광장에서 즉시 형을 집행할 것이다."

가벨이 손짓을 하자 그의 뒤에 있던 근위 기사들이 근위병 두 명의 팔을 붙잡았다. 근위병들이 애걸복걸했으나, 가벨은 듣지 않았다. 끌고 가라는 듯 손짓을 하는 그때였다.

"형님!"

아루스였다. 그는 재빨리 가벨이 있는 곳에 뛰어왔다. 그가 황성 근위병들이 머무는 병영에 방문했다는 소식을 듣고 곧장 이곳으로 온 것이다.

"형님. 그만하십시오."

"그만하라고?"

가벨이 황당하다는 듯 그가 서 있는 쪽으로 몸을 돌려 시선을 정면으로 마주했다. 여기서 가장 분개하고, 자신이 하고 있는 일을 해야 할 자가 바로 아루스다. 그런데 그가 그만하라고 하니 기가 찬 얼굴이 되었다.

"그 연유가 무엇이냐?"

"저를 노린 자객은 실력이 뛰어난 자들이었습니다. 저도 그때 자고 있었더라면 느끼지 못했을 만큼 기척이 없었습니다. 그들이 졸고 있지 않았다 할지라도 분명 몰래 잠입해 들어왔을 겁니다."

"추측에 불과하다. 그들이 졸지 않았더라면 조기에 발견해 위협을 처음부터 막아 냈을지 모르는 일이지. 당장 끌고 가라!"

"멈춰라!"

"무엇들 하는 것이냐! 끌고 가라는 데도!"

"멈추라 하지 않았느냐!"

한 명은 끌고 가라고 하고, 다른 한 명은 끌고 가지 말라고 하고.

그들이 한마디 할 때마다 근무를 선 근위병 둘이 천국과 지옥을 오갔다. 근위 기사들은 난감한 얼굴로 이러지도 저러지도 못했다.

"네가 왜 이렇게 방해하는지 모르겠구나."

"방해하는 것이 아닙니다. 오히려 이것은 제 일이기도 하지 않습니까."

맞다. 자객에게 노려진 것은 가벨이 아닌 아루스다. 이 일에 관여할 권리가 있었다. 아니, 오히려 아루스가 해야 할 일이었다.

"형님께서 절 걱정하여 이리 나오신 건 압니다. 하지만 전 진실이 무엇인지 확실히 짚고 넘어가고 싶을 뿐입니다."

"진실이 무엇이냐고? 이미 증거가 확실하다. 황성 입구를 지키던 저 녀석들이 졸고 있어서 검은색 복장의 수상쩍은 이가 들어갔다는 제보가 있었다."

"제보자가 누굽니까?"

"나도 알 수 없다. 자신을 언급하지 않고 제보한 이였다."

"그것을 신용할 수 있겠습니까? 황성 입구를 통과하면 그 뒤에 여러 관문과 초소가 있습니다. 입구를 뚫었다 하더라도 그곳은 어떻게 뚫었다는 얘기입니까?"

가벨이 그 말에 입을 꾹 다물었다. 그의 말대로다. 황성 입구를 통과하면 그 뒤에는 앞에서 확인하지 못할 것을 대비해 뒤에 초소와 관문이 몇 개 더 있었다.

"게다가 황성 입구는 길게 나무로 다리가 놓여 있습니다. 그곳은 전부 라이트 스톤으로 밝히고 있지요. 대놓고 누워서 잠을 자지 않는 이상, 졸고 있었다 하더라도 누가 오고 있다는 것을 미리 알아차리지 못하는 게 더 불가능하지 않습니까?"

가벨이 그의 말을 듣고 턱에 손을 괴고 고민에 빠졌다. 황성 입구까지는 길게 다리가 놓여 있다. 그 길이는 대략 30미터 정도. 그리고 그 다리는 제작했을 때부터 일부러 소리가 나게 만든 것이었다.

여러 차례 보수를 했지만 소리가 나게 하는 건 지금까지 쭉 유지해 왔다. 침입자가 왔다는 것을 미리 알리는 효과가 있으니 유지하는 것이다.

"그 제보한 이가 누군지는 모르지만, 그자도 의심할 소지가 있는 자입니다. 제가 확신합니다. 절 노린 자객의 실력은 뛰어났습니다. 대놓고 황성 입구로 들어오는 바보 같은 짓은 저지르지 않을 겁니다."

듣고 보니 맞는 말 같았다. 가벨은 아루스의 말에 반박을 할 수 없었다. 아예 성벽을 기어 올라가거나 미리 잠입했으면 잠입했지, 대놓고 황성 입구로 들어가는 바보 같은 짓은 벌이지 않았을 것이다.

"그럼 넌 이들을 어떻게 하고 싶은 것이냐?"

"그들에게 자비를 베풀어 주시지요."

"벌하지 말라는 것이냐?"

"벌하지 말라는 것은 아닙니다. 그들이 부정하지 않는 것을 보면 졸았다는 것은 사실 같습니다. 임무에 태만하였으니 근위단장이 직접 벌을 내릴 수 있도록 하시는 게 옳다 판단됩니다."

아루스가 집합한 병사들 사이로 장교에게 시선을 향했다.

"넨다스 경. 어찌하는 게 좋겠습니까?"

근무자들의 직속상관인 넨다스. 황실 근위병단의 중대장이다. 넨다스는 차렷 자세를 하며 대답했다.

"근무 태만은 황실을 지키는 근위병에게 있어 수치입니다. 제가 정신을 차리도록 조치를 취하겠습니다."

"그렇다면 전 이의가 없습니다. 그들을 너무 심하게 벌하지 말아 주십시오."

"예, 황자 전하!"

중대장이 힘껏 소리치자 죽을 위기를 넘긴 근위병들이 눈물을 흘리며 그의 앞에 무릎을 꿇었다. 그가 나타나지 않았다면 정말 가벨이 말한 대로 중앙 광장의 형장에서 처형당할 뻔했기 때문이다.

'빌어먹을······.'

눈물을 흘리며 아루스에게 연신 감사하다고 하는 근위병들을 보며 가벨이 뒤늦게 정신을 차렸다. 혹시 아루스가 이곳에 찾아온 것은 근위병들에게 마음을 얻고자 한 것이 아닐까 그런 의심을 품었다.

자신이 이렇게 나설 것임을 알고 때에 맞춰서 들어온 것이 그 증거이다. 사실 아루스로서는 소식을 듣고 바로 달려온 것으로 우연히 그 순간에 들어온 것이지만, 가벨은 그렇게 의심하고 있었다.

'내가 하는 일을 훼방 놓고, 자신은 계속해서 아랫사람까지 자신의 편으로 만들어 세를 불리겠다, 이거지?'

가벨은 아루스에 대한 의심을 떨칠 수 없었다.

'그래, 네놈이 얼마나 그렇게 잘날 수 있는지 두고 보자. 내 반드시 황위를 이어받아 너의 코를 납작하게 만들어 줄 터이니.'

그가 몸을 돌려 병영에서 나가려는 그때였다. 멀리서 처음 보는 시종이 이쪽으로 다가오고 있었다. 아루스의 시종이겠지 생각하고 시종을 무시하고 옆을 스쳐 지나가려던 그때였다.

푹!

"……!"

배에서 화끈한 통증이 느껴진다. 가벨은 놀란 눈으로 시선을 아래로 향했다. 가벨의 시선에 자신의 배에 꽂힌 단검이 들어왔다. 시종은 차가운 눈으로 사이하게 웃으며 가벨을 바라보고 있었다.

"네놈……!"

이놈은 시종이 아니다. 시종으로 위장한 자객이었다. 가벨의 눈동자는 커지고, 모든 이들이 이 모습을 보고 눈을 휘둥그레 떴다. 자객은 숨겨 두었던 또 다른 단검을 꺼내, 이번에는 그의 목을 노렸다.

"형님!"

아루스가 허리춤에 차고 있던 검을 뽑아 재빨리 자객의 목을 베어 냈다. 녀석의 신형이 무너지는 것과 함께, 가벨도 주저앉았다. 아루스가 근위병들에게 소리쳤다.

"서둘러 형님을 모셔라!"

아루스의 명령에 근위병들이 서둘러 가벨을 병영 내의 치료소로 옮겼다.

*   *   *

치료소로 옮겨진 뒤, 군의관이 먼저 그의 상태를 확인했다. 칼에 맞은 부분을 서둘러 지혈하고 간단하게 치료하자 사제들이 도착했다. 빠른 대처 덕분에 가벨은 생명에 지장이 없을 수 있었다.

배에 약간의 흉터가 남겠으나, 다들 가벨이 살아난 것이 다행이라고 여기고 있었다. 잠시 의식을 잃고 쓰러진 가벨이 깨어났다. 그가 깨어난 곳은 가벨의 침소였다. 치료를 모두 마치고 침소로 옮겨진 것이다.

시종들과 근위병들은 항시 그의 상태를 주시하고 철통같이 지킬 수 있도록 아루스의 명을 받고 24시간 대기 상태였다.

그의 몸 상태에 대해 전부 들은 아루스가 깨어난 가벨에게 직접 전했다.

"다행히 아슬아슬하게 급소를 빗나갔습니다. 하마터면 큰일 날 뻔했습니다. 무사하셔서 다행입니다, 형님."

"……."

가벨은 말없이 자신의 옷을 걷어 배를 바라보았다. 하얀 붕대가 그의 배를 감싸고 있었다. 조금만 힘을 주거나 움직일 때마다 욱신거렸다.

아루스는 그가 자신의 말을 듣지 않고 있다고 해도 할 말을 계속했다.

"현재 황성에 비상령을 내렸습니다. 자객들이 노리는 것이 무엇인지 모르지만 황실을 위협하고 있는 것은 사실입니다. 항상 조심하시고, 주의해 주십시오."

"혼자 있고 싶다."

"알겠습니다. 그럼 몸조리 잘 하십시오."

아루스가 인사하며 밖으로 나갔다. 가벨은 인상을 찌푸리며 주먹을 부르르 떨었다. 자객에게 암살의 위협을 받은 적은 있었지만, 지금까지 단 한 번도 공격을 허용한 적은 없었다. 고작 자객 따위에게 칼침을 맞다니. 상당히 수치스러웠다. 시종으로 변장하고 들어와 살의를 내뿜지 않고 바로 옆까지 와서 칼침을 놓다니. 상당한 실력자가 아닐 수 없다.

"황자 전하, 가론입니다. 안으로 들어가겠습니다."

얼마 전 전속 시종으로 발탁된 가론이다. 가론이 문을 열고 안으로 들어왔다. 그는 손에 식사를 들고 있었다. 그 옆에는 약도 있었다.

"아픈가?"

그리고 문이 닫히자마자 한 소리가 그거였다. 방 안에 둘밖에 남지 않게 되니 곧장 예의는 어디로 사라지고 첫 만남 때처럼 말하고 있었다.

"몸에 칼이 들어왔는데 아프지 않다고 말할 수 있는 자가 있나?"

"하기야, 맞는 말이군. 직접 칼에 맞은 적은 없나 보군. 그 정도 상처로 골골거릴 정도면 말이야."

"마치 넌 많이 칼을 맞았다는 듯 말하는구나."

"네놈이 상상할 수 없는 길을 걸었다. 네놈은 평생 경험하거나 생각지 못할 정도로 산전수전 다 겪은 몸이다."

가론은 그를 잠깐 비웃어 주며 그가 먹을 음식을 내려놓았다. 빵과 고기가 들어간 스프가 전부였다. 가벨은 그것을 받아 들고 스푼을 손에 쥐었지만 어째서인지 입에 가져다 대지 않았다. 그저 뚫어지도록 음식만 바라볼 뿐이다.

"설마 이 상황에서 음식으로 투정 부리는 건 아니겠지?"

"그게 아니다."

"그럼 입맛이 없는 건가? 하기야, 칼을 맞았으니 입맛도 다 날아갔겠지. 하지만 자리를 빨리 털고 일어나려면 먹는 게 좋을 거다."

"그것도 아니다."

"그럼 뭐냐. 어린애처럼 떼라도 쓰는 거냐?"

가론이 슬슬 질린다는 듯 팔짱을 끼며 인상을 찌푸리고 있었다.

"음식은?"

"음식이 뭐 어쨌다는 거지?"

가벨의 말을 잠시 곰곰이 생각하던 가론이 풋! 하고 웃었다.

"내가 독을 탔을까 봐?"

"널 의심하는 것이 아니다. 혹여 누군가가 음식에 독을 탔을까 봐 확인하는 것이다."

"내가 있는데 별걱정을 다 하는군. 난 음지에서 활동하는 자객이다. 지금은 주군의 말씀을 따라 네놈의 시종으로 있지만, 그런 초보적인 일에 당할 사람이 아니다."

"혹시 모르니 확인해 봐라."

"칼침을 맞더니 어느 정도 경계하고, 조심성이 생겼군. 내가 직접 한 입씩 먹어 봤으니 걱정 마라. 아무 이상 없다."

"한 입 씩 먹어 봤다고?"

가벨이 인상을 찌푸린다. 감히 황실 사람이 먹을 음식에 말도없이 손을 대다니.

가론은 확인까지 시켜 준 자신에게 고마워하지 않을망정 화를 내려는 그를 보고 절레절레 고개를 저었다.

"너의 목숨이 달린 일이다. 내 입장에서도 네놈이 죽으면 상당히 곤란하거든. 간혹 은침으로 확인 불가능한 독도 있으니 내가 직접 먹어 본 것이다."

"그러다 네가 죽으면 어쩔 생각으로 한 거지?"

"날 걱정해 주는 말인 것 같지만, 그런 의도는 전혀 아니로군. 뭐, 주군이 지금까지 계획한 일이 흐트러질 수 있으니까. 나를 대신할 수 있는 주군의 충신은 많다."

가론은 스스로를 마치 소모품인 것처럼 말하고 있었다. 가벨은 기가 막힌 얼굴로 그를 바라보았다. 자기 자신을 소모품인 것처럼 말하는 것은 정말 보기 드문 일이다.

녀석은 진짜로 주군에 대한 충성심이 대단한 것인가, 아니면 자신을 단지 소모품 정도로 생각하는 건가. 꽤 오랫동안 녀석을 옆에 뒀지만 알다가도 모를 일이었다.

"잠시 몸조리를 하고, 털고 일어나라."

"아니, 한시도 가만히 있을 수 없다. 지금 가장 중요한 일이 있으니까."

그가 갑자기 식사를 하기 시작했다. 게걸스럽다는 표현이 맞을 정도로 스프와 빵을 입 안으로 털어 냈다. 뜨거운 스프조차 순식간에 먹어 해치운 가벨이 그릇을 그에게 건네며 말했다.

"나는 물론 내 동생들을 위협한 녀석이 누군지 철저히 조사해 볼 생각이다. 네놈은 자객의 일을 하고 있으니 그쪽으로 잘 알겠지? 그놈들을 조사해 다오."

"조사하지 않는 게 좋을 거다."

"무슨 소리! 나는 물론 아루스와 누이동생까지 자객의

위협을 받았다. 누군가 불순한 목적으로 보낸 것이 틀림이 없다. 이걸 그냥 넘어갈 수 있겠……."

소리치다가 가벨은 문득 가론의 말이 의미심장하다는 걸 느꼈다.

"조사하지 않는 게 좋다니? 그것이 무슨 소리지?"

"……."

"왜 말하지 않는 거지? 혹 네놈 짓이더냐?"

가론이 대답을 하지 않는 것이 긍정이라는 것을 눈치챌 수 있었다.

"네놈이 정녕 미쳤구나."

가벨이 그의 멱살을 붙잡았다. 몸을 갑작스럽게 움직인 탓인지 칼에 맞은 배가 욱신거렸다.

"네놈은 나까지 노리고 있던 것이냐?"

가벨은 분노를 금치 못했다. 뒤통수를 거하게 한 방 얻어맞은 느낌이었다. 죽일 듯 노려보는 가벨. 그러나 가론은 아랑곳하지 않았다.

"일부러 실력 좋은 녀석을 보냈다. 급소에서 약간 빗나가게 찔러 생명에 지장이 없도록 말이지. 제2 황자와 황녀는 자객을 만났는데 네놈만 자객이 오지 않았다. 충분히 네놈이 정적을 제거하려고 벌인 일이라고 의심받을 수 있는 일이지."

이 일로 인해 가론은 그가 의심에서 벗어났다고 확신했다. 황실에서나 대놓고 말하고 있지 않지, 세간에는 가벨 황자가 벌인 일이라고 시끌벅적했기 때문이다. 실제로 아루스도 가벨을 의심하려고 하지 않는 듯 보이지만, 마음 한구석에 약간의 의심을 품고 있었다. 사람의 심리를 잘 파악해야 암살 성공률이 오르는 자객 특성상, 사람의 심리를 이용하는 쪽으로 많이 발달할 수밖에 없었다.

가벨에게 말하지 않았지만, 아루스는 자객을 보낸 이를 가벨로 보고 있었다. 하나 이번 일로 인해 아루스는 머리가 복잡해진 상태였다.

가벨, 아루스, 엘리즈.

황실 사람들이 전부 자객의 위협을 받았다. 상황을 지켜보는 대부분의 이들이 이 일을 벌인 자가 가벨이라 의심하고 있었는데, 그러던 와중에 가벨에 칼에 찔려 치료를 받게 되었다.

이 소식은 벌써 밖으로도 퍼졌을 것이다. 아마 모든 이들이 대혼란에 빠졌을 것이다. 가벨이라 생각했는데, 그가 오히려 더 위험한 상황에 놓였으니까. 덕분에 누가 보낸 것인지 그 누구도 갈피를 못 잡고 있었다.

"황제가 유언을 마치지 못한 상황에서 누가 황위에 오르는지 진흙탕 싸움을 벌이고 있다. 당연히 네놈이 황제가 되려거든 정적을 제거해야 하지 않겠는가. 그리고 그 과정에서 실수가 있다면 그 실수로 의심을 받지 않게 해야지."

전부 가벨을 위해서 했다는 듯 말하는 가론. 가벨은 으득이를 갈며 그의 멱살을 놓지 않았다.

"그래, 그것까지는 이해했다. 하지만 엘리즈는 황위 계승권을 포기했다. 그녀를 건드릴 필요는 없단 말이다!"

가론은 담담한 얼굴로 가벨의 손을 뿌리치며 옷을 단정히 했다.

"과거에 계승권을 포기하고 뒤에서 공작을 펼쳐 정적을 모조리 제거하고 자리를 차지한 이가 있지 않은가."

"엘리즈가 그럴 것이라 생각하는 것이냐? 엘리즈는 그럴 아이가 아니다."

"그건 모르는 일이지. 같은 피가 흐른다고 해서 믿지 않는 게 좋을 것이다."

가론의 말에 가벨이 침묵했다. 그리고 서서히 이마가 좁혀졌다. 그의 말대로 그런 역사가 있기 때문이다.

왕족이든 황족이든 공통점이 있다면 자국의 역사에 대해 반드시 배운다는 것이다. 좋은 역사든 나쁜 역사든 가리지 않고 말이다.

"바올라 제국의 황제가 되려면 특히나 조심해야지. 이례적인 경우를 제외하고 장남이 왕위를 이어받는 다른 국가와 다르게 이 나라는 그렇게 하지 않으니까 말이야."

가론은 후후 웃으며 가벨의 허락도 없이 의자를 끌어다 앉아 다리를 꼬고 앉았다.

"지금의 너는 황제의 유언으로 대소 신료들의 지지를 순식간에 다수 얻었다. 하지만 이것이 얼마나 효력을 발휘할지 모르는 일이다. 황제는 죽었고, 제2 황자의 세력도 무시할 수 없으니까. 실제로 제2 황자가 지금까지 세운 공은 어마어마하지. 그는 정말 유능한 자니까. 때문에 지금 의회에서도 이 논의가 계속되고 있는 것이 아닌가."

그에 대해 반론을 못 하는 가벨. 이를 부득부득 갈았다. 황제가 마지막에 가벨의 이름을 불러 순식간에 지지를 얻은 가벨. 그러나 아루스 쪽도 감히 무시할 수 없다. 실제로 가장 황제의 자리에 적합한 사람은 가벨이 아닌 아루스라고, 다들 그렇게 말하기 때문이다.

가벨은 애써 신경 쓰지 않으려고 하고 있지만, 자꾸 귀에 들려오고 있기에 신경을 안 쓸 수 없었다.

"게다가 의회의 사람들 중 제2 황자를 지지하는 자들도 꽤 되고 말이지."

황제가 후계자를 결정하지 못하고 죽은 적은 몇 번 있다. 그런 일이 있을 때는 반드시 의회에서 의견을 모아 황제를 정하게 되어 있다.

황제가 여러 정책을 펼치면서 귀족들을 규합해, 그를 진정으로 따르던 충신들이 유언을 받들어 가벨을 지지하고 있다. 그러나 이것은 단기적인 문제일 뿐이다. 그들도 아루스가 황좌에 걸맞다는 것을 모르지 않을 것이다.

시간을 오래 끌면 끌수록 가벨을 지지하는 자들보다 아루스를 지지하는 자들이 많아질 게 뻔하다.

"시간은 너의 편이 아니다. 어떻게든 빨리 그 문제를 해결해야 할 필요가 있다. 마음을 다잡아라. 네가 마음에 안 들어도, 난 항상 최선의 방법으로 널 돕고 있으니까."

부정할 수 없기 때문에 가벨이 이를 부득 갈았다. 가론이 정면으로 날리는 일침은 그를 화나게 하고 있지만, 사실이다. 그가 눈을 감았다.

가론은 둘이 있을 때 말투나 행동이 마음에 안 들지만, 자신을 황위에 올리기 위해 항상 최선의 방법을 구사하고 있었다.

"그래서 아루스나 엘리즈를 어떻게 제거하려는 속셈이지?"

"황위가 걸린 일에는 냉혈한이군."

가론은 마음에 든다는 듯 웃었다. 야심에 눈이 먼 자는 조종하기 쉬웠다. 특히 가벨은 남들에 대한 열등감이 큰 덕분에 조종하기 더욱 쉬웠다.

"자객을 동원하는 방법도 있지만 독살도 좋지. 하지만 수도 전체에 경계가 강화된 상태다. 세인브리트 마탑도 이로 인해 비상 체제에 돌입해 자객은 무리라고 본다."

"그럼 네놈이 준 독을 쓰면 되는 것 아닌가? 왜 그렇게 번거롭게 생각하는 것이냐?"

"아쉽지만 그건 불가능하다. 황제는 정치에는 유능한 사람이지만, 검이나 마법에 있어서는 둔재니까 가능했던 것이다."

"마나를 익힌 자들에게는 소용이 없는 건가?"

가론이 그렇다고 고개를 주억였다.

"늙은 마녀의 독이라는 이름을 가진 맹독이다. 수명을 단축시키고, 병세를 더 악화시키는 독이지. 건강하던 사람도 병이 들게 만드는 무서운 약이지만, 메이지와 오러 유저까지다. 그 이상은 힘들다."

"혹 아바마마께서 병을 얻은 것도 네놈의 짓이더냐?"

가론이 사이하게 웃었다. 그 표정에서 가벨은 진실을 알 수 있었다. 갑자기 병이 시작된 황제는 노환으로 앓은 게 아니라 독을 먹어 아팠던 것임이 드러난 것이기 때문이다.

"네놈들은 정말 미쳤구나."

"날 비난하려고 해도 우리는 한 배를 탄 동지가 아닌가. 어찌 되었든 나나 너나 둘 다 똑같은 짓을 한 것이지. 차이

점이라면 난 오랜 기간 극소량을 음식에 몰래 타서 병을 얻게 만든 것이지만."

먹인 양의 차이가 있다는 것은 변명이 되거나 정당화 될 수 없다. 어찌 됐든 둘 다 똑같은 행위를 한 것이니까.

"한데 자객을 또 보내거나 독살을 하는 것이 쉽지 않은 일이라는 거지."

아루스는 대륙에서 최연소로 오러 나이트의 경지에 오른 황자이고, 엘리즈는 세인브리트 마탑의 마법사이다.

아루스는 단신으로도 어지간한 암살자를 처치할 수 있을 만큼 뛰어난 무력을 가지고 있고, 엘리즈는 바올라 제국의 인재들이 모인 곳에 있다. 잠입하기도 쉽지 않은 곳이다. 어떻게든 잠입했다고 하더라도 엘리즈의 방을 찾는 것도 힘든 일이다. 세인브리트 마탑은 관계자가 아니라면 마법사들이 각자 기거하는 방이 어딘지 알아내기 힘들었다.

그녀가 책을 좋아해 황실 도서관에 자주 간다는 정보를 입수해 마탑에서도 그러지 않을까 생각해 자객을 보내기는 했다. 그 예상은 적중했으나, 아쉬운 일이라면 그 이후로 경계가 강화돼서 세인브리트 마탑 자체에 들어가거나 정보를 얻기 힘들어졌다는 것이다.

자객이 힘들다면 독을 쓰는 것이 가장 좋은 방법인데, 이것도 마찬가지로 별로다. 황실 사람들은 음식을 먹기 전에 반드시 은제 침을 넣어 독이 있는지 없는지 먼저 확인한다. 가장 좋은 방법은 홍차와 침이 결합되면 강한 산성을 만들어 내는 암나르크를 먹이는 거지만……

'몇 달 전 제2 황녀의 독살에 사용된 독이어서 그날 이후로 자주 감자를 먹고 있으니…….'

그 때문에 암나르크로 독살시키는 건 꿈도 꾸지 못한다. 매 끼니마다 나오지 않는다고 하더라도 하루에 한 번은 반드시 챙겨 먹고 있어 암나르크로 독살하는 건 불가능에 가까웠다.

"하지만 둘 다 안 된다면 다른 방법이 있기도 하지."

"방법이 있다는 말이더냐?"

"물론. 무엇보다 네가 확실히 황위에 오를 수 있는 방법이기도 하지."

"널 믿겠다. 한데 그 방법이란 게 무엇이냐?"

"들으면 아마 깜짝 놀랄 거다."

가론이 그의 귀 가까이에 입을 대고 생각해 둔 계획을 말해 주었다. 그의 눈이 휘둥그레졌다.

"믿을 수가 없군. 정말 그런 일을 벌이려는 것인가?"

"황제를 암살했다. 여기서 뭘 더 한다고 달라질 것이 있다고 보느냐? 설마 망설이는 건가? 이제 와서 지금까지 해왔던 일을 모두 허사로 돌릴 생각인 거냐?"

"……."

"여기까지 와서 깨끗한 척, 고결한 척해도 소용없다. 넌 이미 나처럼 더럽혀질 대로 더럽혀졌으니까. 더 이상 가식은 떨지 말고, 자신이 벌인 일을 부정하지 마라."

가론이 씩 웃었다. 그는 계속해서 가벨을 마음을 자극했다.

가벨은 부정할 수 없는 현실에 침음하며 이를 꽉 깨물었다. 가론이 그런 그를 보며 씩 웃었다.

"이번만 참으면 된다. 약속하지. 이 일이 성공하기만 하면 네가 황제다. 무엇이든 네 마음먹기에 달려 있지. 이미 몸에 진흙을 잔뜩 묻힌 거, 또 묻는다고 달라질 것 같은가?"

녀석의 말을 듣고 가벨은 어쩌면 자신은 악마의 도움을 받은 게 아닐까, 뒤늦게 그런 생각을 했다. 빠져나가기에는 이미 벌인 일이 너무나 많았다.

가벨은 이미 돌이킬 수 없는 상황까지 오고야 말았다. 이미 일은 벌일 대로 벌이고, 돌이킬 수 없다면 앞으로 나가는 것밖에 없었다. 그는 이내 어금니를 꽉 깨물며 가론에게 손을 뻗었다.

"좋다. 네놈의 의견을 따르마."

그의 결정에 가론이 사이하게 웃었다.

"옳은 선택이다. 이제부터 네가 황제다."

그가 속삭이는 모습은 영혼을 대가로 소원을 들어주는 악마와도 같았다.

Chapter 07
새로운 황제는 누구인가 Ⅲ

외세의 침략에 항전하고
국내의 불순 세력을 물리치고
굳은 의지를 전 대륙에 알린
하나 된 우리의 제국.

그 누가 우리의 제국에 맞서며
그 누가 우리의 제국에 두려움을 갖지 않을까.
하나 된 우리의 제국이라면
이 영광, 천년만년 누리리.
—시집 『바올라 찬사』 中 발췌—

＊　　　＊　　　＊

황성에서 연이어 일어난 일은 또 다른 충격으로 다가왔다. 발렌은 식당에 가서 식사를 하다가 소피 아주머니에게 그 소식을 접할 수 있었다. 그는 먹고 있던 빵을 반쯤 입 밖으로 떨어뜨리며 물었다.

"제1 황자가 자객의 칼에 맞아 요양 중이라니. 그게 정말이에요?"

"그렇다니까. 그 때문에 황성이 발칵 뒤집혔어. 경계도 강화되고, 근위병만 아니라 근위 기사들까지 항시 비상대기 상태래. 게다가 계엄령까지 떨어졌고 말이야."

황제가 자리에 없는 상태다. 그렇기에 현재까지 의회와 가벨, 아루스가 국가의 일을 제한적으로 나눠서 대신하고 있었다.

바올라 제국은 황위 계승권자가 있는 한 황비가 국정을 논할 수 없기에 황위 계승권자들이 나눠서 국정을 맡고 있는 것이다.

계엄령이 떨어지면서 세인브리트도 보통 난리가 아니었다. 들어오는 상단들의 물품은 물론 들어오는 사람들의 신원을 일일이 확인하면서 치안을 유지하고 있었다.

또한 황성에서 일어난 일에 대해 사실이 아닌 모함을 하는 자들은 곧장 현행범으로 잡아들일 정도로 살벌한 분위기도 연출되고 있다는 모양이다.

"어쩐지 한창 밤에 술판을 벌이는 사람들이 많이 안 보인다 했더니, 다 그 이유였군요."

"전혀 몰랐니?"

"밖으로 나갈 일이 좀처럼 없으니까요."

숙식은 세인브리트 마탑의 식당에서 전부 해결할 수 있기에 외식을 할 때나 필요한 물품을 사러 가는 것이 아니면 밖으로 나갈 일이 없었다. 그 때문에 발렌은 약간 소식을 늦게 접했다.

"황녀님께서는 말씀해 주시지 않았니? 하기야, 황녀님도 그걸 말해 줄 상황은 아니겠구나."

엘리즈라면 이 소식을 일찍 접했을 것이다. 소피 아주머니는 상황이 안 좋다는 것을 알고 발렌에게 이 소식을 말하지 않았으리라 생각했다.

'만날 틈이 없었다는 게 맞는 말이지만.'

엘리즈에게 자객이 나타나면서 그녀는 탑주의 명령으로 도서관 방문을 제한하게 되었다. 수련은 평소처럼 진행하지만, 수련을 제외하면 방에서 대기하라는 명령이 떨어진 것이다. 필요하거나 읽고 싶은 것이 있으면 이바나가 직접 와서 책을 대여해서 건네주는 식이었다. 그녀가 직접적으로 위협을 받자, 이로 인해 마탑 인근의 순찰병의 수가 늘어나 항시 경계를 하고 있었다.

"황녀님을 만나게 되면 위로해 주렴, 발렌. 황녀님도 황자 전하께서 그런 일을 당했으니 마음이 좋지 않으실 테니까. 이바나 님이 옆에 계셔 주시는 것 같지만 너도 함께 위로해 주면 더 좋지 않겠니?"

"물론이죠, 소피 아주머니. 그건 걱정하지 마세요."

세인브리트에서 일하는 식솔들은 전부 발렌이 엘리즈와 친하다는 걸 잘 알고 있었다. 때마침 식사를 마친 발렌이 자리에서 일어나자 소피 아주머니가 뭔가 떠올랐다는 듯 다시 그를 붙잡았다.

"참, 깜빡 잊고 말하는 걸 잊었구나. 발렌, 내일 점심은 감자 요리니까 기대하렴. 세기어 왕국보다 맛있는 감자 요리를 선보일 테니까."

소피 아주머니가 감자 요리라고 하자 발렌이 어색하게 웃으며 고개를 끄덕였다. 내일 점심은 제이프와 함께 밖에서 해결하자고 굳게 다짐하며 식당을 빠져나왔다.

식당에서 나와 든든하게 한 끼를 해결한 발렌은 도서관으로 향하다가 이바나와 마주쳤다. 그녀는 손에 책들을 들고 발렌에게 다가왔다.

"이바나 씨. 무슨 일이세요?"

"빌린 도서 반납하려고. 점심시간이라 문이 닫혀 있길래 식당에 와 봤어."

발렌은 이바나에게 책을 받았다. 그녀에게서 받은 책은 엘리즈를 위해 그녀가 대신 빌려 갔던 책이었다.

"벌써 다 읽었나 보네요?"

"수련을 제외하고 방에만 있으니 책 읽을 시간밖에 없는 것 같더라고. 덕분에 나만 죽어나지."

탑주가 잠깐 동안 엘리즈를 맡아 달라고 이바나에게 말해, 그녀는 엘리즈의 시종 노릇이나 하고 있었다. 그 덕분에 그녀는 방에서 실험도 제대로 못 하고 있는 실정이었다.

"이바나 씨도 책 읽는 것 취미로 들이시면 되지 않을까요?"

"책 읽는 거하고 시종 노릇하고 다른 거야. 이미 세기어 왕국에서 보내 온 책도 대부분 다 읽어 가고. 지금까지 연구한 것도 이 사태 때문에 전혀 진행할 수도 없고 말이야."

그녀는 고개를 저으며 한숨을 내쉬었다. 발렌은 어색하게 웃으며 그녀를 위로하며 엘리즈의 상태를 물었다.

"리즈는 어때요?"

"리즈? 리즈는 딱히 신경을 안 쓰는 편이야."

"자객이 찾아왔는데도요?"

오히려 신경을 안 쓰는 게 더 이상한 것 아니냐는 듯 바라보는 발렌. 그러나 이바나는 어깨를 으쓱였다.

"내가 말 안 했었나? 분명 했던 것 같은데. 그녀는 어렸을 적부터 몇 차례 자객의 위협을 받았다고."

그러고 보니 그런 얘기를 했었던 것 같았다. 발렌이 한참 생각하다 물었다.

"아마 저와 이바나 씨가 처음 만났을 때 했던 얘기죠?"

"맞아."

"상당히 오래전 일이라 잊고 있었네요."

"그렇게 오래전이라고 할 말은 아니……."

잖아, 라는 말을 하려다 말끝을 흐리는 이바나. 그녀는 발렌의 리셋 마법에 대해 떠올렸던 것이다. 그녀에게는 그리 오래된 이야기가 아닐지 모르지만, 발렌에게는 수십 년 전의 일이었다. 기억이 잘 안 나는 것도 무리는 아니었다.

"아직 무슨 일이 벌어지거나 한 건 없지? 며칠 후에 누가 죽는다거나."

"예. 아직 리셋은 한 번도 안 했어요. 되도록 아무 일도 안 일어났으면 좋겠지만요."

리셋이 되면 괴롭다.

'같은 날을 계속 반복해서, 그 엿 같은 임무를 완수해야 하니까.'

제발 별 탈 없이 무난하게 지나가기를 바라는 마음이 컸다.

　"전에 말한 것처럼 내 도움이 필요한 게 있으면 바로 말해 줘."

　"예, 이바나 씨. 감사드려요."

　손이 닿는 곳까지 반드시 돕겠다는 듯한 모습을 보이는 이바나. 발렌은 그녀에게 감사의 인사를 했다.

　"참, 내 정신 좀 봐. 리즈가 책 하나 더 부탁했어. 랜터니 작가의…… 뭐더라? 제목을 보면 생각 날 것 같은데."

　이바나가 곤란하다는 표정을 지었으나, 발렌은 문제 될 것 없다는 듯 말했다.

　"랜터니 작가님의 책이라면 도서관에 모두 있으니 제가 안내해 드릴게요."

　"고마워."

　"아뇨. 원래 사서가 하는 일이 책 찾아 주고 안내하는 건데요, 뭘."

　발렌은 후후 웃으며 이바나가 그녀와 함께 도서관으로 향했다.

　　　　*　　　　*　　　　*

그로부터 일주일. 자객의 습격에 대한 일이 잠잠해지고, 계엄령도 사라졌다. 자객에 대해서 강경파 귀족들은 타국에서 황제의 부재를 틈타 바올라 제국에 혼란을 주기 위해 이 일을 주도했다고 보고 있었다.

의회에서 가벨의 진영은 적대국에서 했다면 바올라 제국에 선전포고를 한 것이나 다름이 없으니 얼른 황제를 결정해 힘을 보이자고 주장했다. 아루스 진영은 황제를 결정해야 하는 중대한 사항이니 함부로 결정할 수 없다는 입장이다.

서로의 의견 차이로 의회 또한 치열한 공방이 이어져 결정을 내리지 못하는 상황. 하지만 범인을 색출하자는 의견이 일치한다는 것만큼은 확실했다. 이 일은 감히 넘기지 못할 일이다. 개인 세력이 했든, 타국에서 했든 바올라 제국의 황실을 능멸한 죄는 오직 피로 응징을 내릴 것이리라.

"형님, 쾌차하셨습니까?"

"그래."

가벨의 상처가 완전히 나았다는 소식을 접하고 아루스가 바로 가벨을 찾았다. 이제 붕대도 할 필요 없을 만큼 상처가 나았다. 프리스트의 신성 마법이 큰 도움이 되었다. 흉터는 약간 남겠으나, 딱히 신경 쓰는 모습이 아니었다. 어차피 옷을 입으면 상처도 다 가릴 수 있으니까.

"무사하셔서 다행입니다."

"그래. 고맙다. 내가 할 일까지 있었을 텐데. 고생 많았다."

"아닙니다. 엘덴 남작이 도와준 것이 컸습니다."

엘덴 남작은 가벨의 신하 중 한 명이자, 어릴 적 교육 선생이기도 했다. 부상으로 나눠서 했던 일을 아루스가 해야 했기에 엘덴 남작이 많은 도움을 주었다.

"그래? 엘덴 남작은 상당한 수완가지. 아바마마께서도 조언을 들을 때 엘덴 남작을 찾으셨으니까."

그렇게 말하며 밖으로 나온 가벨. 그는 시종들을 물리며 아루스와 함께 정원으로 나왔다.

"오랜만에 바깥 공기를 쐬는구나."

"바람이 찬데, 괜찮겠습니까?"

"이 정도로 뭘."

그러더니 정원에 비치된 의자에 앉는 가벨. 아루스가 그 옆에 따라 앉았다. 아루스는 가벨이 오늘따라 뭔가 달라 보인다는 생각이 들었다. 전반적인 분위기부터 그러했다. 가벨은 다리를 떨거나 손을 계속 매만지고 있었다. 날이 추워서 그런 것이 아닐 것이다. 그는 불안해하는 증상을 보이고 있었다.

'아무래도 전에 있던 일때문에 많이 불안해하시는 모양

이로구나.'

자객에게 칼을 찔려 암살당할 뻔했으니 주위를 의식하는 것도 이상하지 않았다. 아루스는 말도 많이 안 하고, 침착해 보이려고 하는 모습을 보고 모르는 척 넘어가 주었다.

"형님, 우리를 노리던 자객들에 대해 조사를 진행 중입니다."

"얼마나 조사가 됐지?"

아루스가 한숨을 내쉬며 고개를 저었다.

"아직 알아낸 것이 없습니다. 신원도 알 수 없고, 특징이라고는 복면 대신 가면을 쓰고 화상으로 얼굴을 뭉갰다는 건데. 음지에서 활동하는 어쌔신 길드까지 조사해 봐야 할 판입니다."

이 나라에서 대대적으로 조사한다면 어쌔신 길드에 대한 내용들이 속속들이 나오게 될 것이다. 어느 나라든 여러 길드가 존재하는데, 그중 음지에서 활동하는 어쌔신 길드도 존재한다. 그들을 조사하려면 다소 시간이 걸린다는 게 문제다. 그들은 어찌나 음지 깊은 곳에 숨어 있는지, 며칠이 지났어도 정보가 나오지 않았다.

"그래? 황실을 노리던 놈들이다. 쉽게 추적할 수 없게 흔적을 지웠겠지."

가벨의 말에 동의하며 아루스는 인상을 찌푸렸다. 뒤에

서 공작을 펼치고, 계속 지켜보면서 자신들을 노린다. 상대
는 자신들을 아는데, 정작 아루스는 그들을 모른다. 정체와
자세한 목적을 알 수 없는 자들을 찾는다니.

절로 한숨이 나오는 상황에서 아루스가 돌연 자리에서
벌떡 일어나며 칼을 뽑았다.

챙!

칼날이 부딪친다. 아슬아슬하게 가벨의 목을 노리던 자
객의 검이 아루스의 검과 부딪치며 반으로 부러졌다. 검은
복장을 하고, 가면을 쓴 자였다. 가면 사이로 녀석의 눈이
커진 것이 보였다.

"이런……!"

녀석이 도망치려고 한다. 아루스가 소리쳤다.

"도망 못 간다!"

그 소리를 듣고 근방에 있던 근위병들이 퇴로를 막았다.
이미 황성에는 수많은 병사들이 깔려 있다. 어찌 들어온 것
인지 모르지만, 녀석이 도망칠 구석은 없다.

근위병들이 재빨리 녀석에게 달려들어 몸을 붙잡았다.
자객을 완전히 제압한 근위병들. 그들은 가지고 있던 로프
로 자객을 포박했다. 가벨이 녀석의 앞으로 다가왔다.

"감히 바올라 제국의 황실을 얕보고 또다시 이런 불미스
러운 일을 벌이다니. 그것도 해가 떠 있는 대낮에 말이지."

가벨이 자객의 가면을 벗겼다. 화상 자국으로 얼굴이 뭉개져 도무지 얼굴을 알아볼 수 없었다. 어찌나 징그러운지 그 모습을 보고 근위병들이 고개를 휙 돌렸다. 아루스와 가벨도 모습이 얼마나 흉측했던지 고개를 돌리고 싶은 심정이었다.

"그 자를 일으켜 세워라."

근위병들이 즉시 자객을 일으켜 세웠다.

"배후가 누구더냐."

"……."

"누가 네게 이런 일을 시킨 것이냐."

"……."

"벙어리인가?"

녀석은 말이 없었다. 벙어리라고 생각해 물었지만, 녀석은 그저 웃을 뿐이다. 의중을 알 수 없다. 일부러 침묵하는 것인가 판단한 아루스가 인상을 찌푸리며 불편한 기색을 숨기지 않았다.

"황자 전하! 이게 대체 무슨 일입니까!"

소란이 일어난 것을 듣고 온 대소 신료들. 다들 놀란 얼굴로 검은 복장의 흉측한 화상 자국이 있는 녀석을 바라보았다. 가벨은 보기 불편했는지 가면을 다시 씌웠다.

"자객을 잡았다. 대낮부터 날 노리더군."

대소 신료들이 기가 막힌다는 표정으로 자객을 바라보았다. 제아무리 자객에 대해 아무것도 모르는 사람들이라도 자신을 숨길 수 있게 어둠이 짙게 내려앉은 저녁에 암살하고자 할 것이다. 이렇게 해가 환하게 내리쬐는 대낮부터 목숨을 노리는 자가 있다니. 다들 경악할 따름이다.

"바올라 황실도 어지간히 얕보이고 있었구나. 네놈들이 제집 드나들듯 몇 번이나 침입에 성공하고 탈출했다 하여 일이 뜻대로 돌아갈 성싶었더냐?"

가벨이 자객의 복부를 발로 걷어찼다. 녀석이 뒤로 벌러덩 쓰러졌지만, 어떤 소리도 내지 않았다.

"이놈을 고문해서라도 배후가 누구인지 밝혀라. 고문실로 끌고 가라."

"예!"

근위병들이 힘껏 소리치자, 갑자기 녀석이 킥킥 웃었다. 뭐가 그렇게 웃긴 건지 실성한 것처럼 보이기까지 했다.

"고문을 해서 내가 말할 것 같나?"

입을 열지 않던 녀석이 말을 했다. 지금까지 입을 연 자객은 처음이었다. 가벨이나 아루스나 그것에 놀랐지만, 일부러 티를 내지 않았다.

가벨이 녀석의 머리를 쥐어 잡고 뒤로 당겼다. 녀석의 눈에서는 두려움을 찾아볼 수 없었다.

"말하지 않으면 넌 죽고 싶어도 죽을 수 없게 될 것이다. 말할 때까지 고문을 진행할 것이고, 몸이 넝마가 되면 그 즉시 치료하여 또다시 고문할 테니까."

가벨이 위협하듯 말하지만, 녀석은 도리어 낄낄 웃는다. 어쩐지 망가진 듯한 웃음소리였다. 지금까지 자객들은 아무에게도 말하지 않는 것이 원칙이었다. 하지만 녀석은 어째서인지 말하고 있다.

"배후가 누구인지 알고 싶다고 했지?"

녀석이 아루스를 바라보더니 갑자기 팔을 가벨에게 뻗었다. 언제 끊은 것인지. 칼로 절단된 로프가 땅에 나뒹굴었다. 그러나 근위병들이 다시 녀석을 붙잡았다. 가벨은 엉덩방아를 찧은 채 그를 바라보고 있었다. 녀석이 낄낄 웃으며 소리친다.

"아루스 황자 전하, 만세!"

왈칵!

가면 사이로 검은 피가 토해졌다. 낄낄 웃던 녀석의 웃음소리가 사라졌다. 근위병들이 놀라 재빨리 자객을 살폈다. 강한 맹독을 먹었는지 녀석은 바로 절명해 버렸다.

"……자결했습니다."

자객의 죽음에 모두가 아쉽다는 얼굴이지만, 금세 모든 이들의 시선이 자객에게서 아루스로 향했다. 아루스는 놀란 얼굴로 자객을 바라보며 눈을 휘둥그레 뜰 뿐이었다. 가벨의 눈이 더없이 차갑게 가라앉은 채 아루스를 바라보고 있었다.

"아루스. 네놈의 짓이냐? 네놈에게 자객이 간 것은 의심을 피하려고 그런 것이더냐?"

의심의 눈초리가 자신에게로 향하고 있다. 아루스는 상황이 이상하게 흘러간다는 것을 짐작했다.

"형님, 아닙니다. 제가 한 짓이 아닙니다. 이건 음모입니다! 제가 그럴 리가 없지 않습니까!"

그러나 대소 신료들의 표정도 아루스를 의심하는 것 같았다. 아루스가 아니라고 부정하고 있지만, 가벨이 근위병들에게 손짓했다.

"근위병. 아루스를 붙잡아라."

"형님!"

근위병들은 망설였다.

"얼른 붙잡으라고 했다!"

가벨의 외침에 근위병들이 아루스에게 죄송하다 외치며 그를 붙잡았다.

"형님. 왜 이러십니까. 제가 아닙니다. 이건 자객이 혼란을 주기 위해 벌인 일입니다."

"자객이 혼란을 주기 위함인지 아닌지는 차차 조사할 것이다. 네 명예와도 직결된 일이다. 네가 아니라는 것이 명명백백히 밝혀질 때까지 조용히 있거라."

아루스는 억울한 표정이지만, 이를 꽉 깨물고 곧 고개를 주억였다. 자신의 억울함을 풀어 줄 방법은 다른 게 없었다. 그저 믿고 기다리는 것뿐이다. 그는 저항하지 않고 근위병들을 따라갔다.

*　　　*　　　*

그로부터 3일 후. 평소처럼 사서의 일을 마치고 탑주에게 수련을 받은 뒤, 숙직실로 돌아온 발렌. 텅 빈 도서관을 바라보며 벽난로에 불을 놓았다. 세기어 왕국에 갔다 온 지 얼마 되지 않아 바올라 제국의 추위가 별것 아니게 느껴지기는 했으나 춥긴 추웠다.

'이제 좀 소란이 진정되는 분위기인가?'

자객이 나타난 이후로도 여전히 삼엄한 경계는 계속되고 있으나, 점점 분위기가 많이 누그러진 상황이다.

벽난로에 몸을 쬐고 쉬고 있으니 나른해졌다. 역시 추운 날에는 따뜻한 벽난로 앞에 앉아 가만히 몸을 녹이는 게 최고였다.

덜컹!

"……."

가까이에서 들려오는 소리. 나른하게 앉아 있던 그가 정신을 차리고 주머니에 손을 찔러 완드를 꺼냈다. 자객이 한 번 침입한 이후로 그는 작은 소리에도 이런 반응이었다. 그러나 이번에는 크게 들리는 소리인 데다, 기척까지 느꼈다. 또 엘리즈가 이곳에 올 것이라 판단해서 온 것일까.

'이번에는 놓치지 않는다.'

반드시 생포해서 배후가 누구인지 캐물을 생각이다. 말하지 않는다면 황성에 보내는 것도 괜찮겠지. 조사에 꽤 도움이 될 테니까. 그렇게 자리에서 일어나며 기회를 엿보던 그 찰나였다.

"발렌."

"리즈……?"

이것은 분명 엘리즈의 목소리였다. 발렌은 완드를 내려놓고 그녀에게 향했다. 엘리즈는 어두운 구석에 웅크려 있었다.

"왜 여기에 있는 거야? 아직 비상사태가 안 끝났는데, 나와도 되는…… 리즈?"

그녀에게 말을 걸던 발렌은 그녀의 상태가 이상하다는 것을 가까이 가서야 알 수 있었다. 어둠 속이라 잘 안 보였는데, 잠옷을 입은 그녀의 어깨가 쉴 새 없이 떨리고, 소매가 흠뻑 젖어 있다는 것을 발견했다. 그녀는 울고 있던 것이다.

"무슨 일이야? 세상에, 손이 찬 것 봐. 일단 몸 좀 녹이자."

발렌이 그녀를 일으켜 세우고, 벽난로 앞까지 데리고 왔다.

그가 앉았었던 의자에 그녀를 앉히고, 발렌은 근처에 있는 의자를 끌고 그녀의 옆에 세워 둔 뒤, 따뜻한 홍차를 내왔다.

그녀는 발렌이 건넨 찻잔을 들고 가만히 온기만 느낄 뿐, 한 입도 마시지 않았다. 발렌은 벽난로의 불을 좀 더 키우고 잠자코 그녀가 말하기를 기다렸다. 그렇게 얼마나 지났을까. 갑자기 그녀가 흐느껴 울기 시작했다.

분명 뭔가 있다는 것을 알게 된 발렌. 그녀가 곧 입을 열었다.

"아루스 오라버니께서 옥에 갇혀 있대."

"뭐?"

발렌은 무슨 소리냐는 듯 그녀를 뚫어져라 바라보았다.

"예전의 내 시녀들이 몰래 그 소식을 보내 왔어. 3일 전에 첫째 오라버니를 노렸던 자객이 붙잡혔는데, 그 자객이 아루스 오라버니에게 만세를 외치고 자결했대. 그 때문에 아루스 오라버니께서 자객을 보낸 것이 아닌가, 옥에 갇혀서 조사를 받고 있대."

황실의 사람이, 그것도 황자가 감옥에 갇혀 조사를 받고 있다니. 그 사실만 하더라도 굉장히 충격적인 일이었다.

'아루스 황자 전하가 그럴 리가!'

그가 비겁하지 않다고 단언할 수 없지만 그래도 자신이 믿는 올곧은 방식으로 항상 일을 해결하려는 사람이었다. 발렌이 엘리즈를 독살했다는 누명을 썼을 때도 그는 그 상황을 의심했었다.

실제로 세기어 왕국에 갔다 오면서 그가 비겁자가 아니라는 것만큼은 확실히 알았다. 그의 진영에 있는 귀족이 했으면 했지, 뒤에서 공작을 주도할 만한 위인은 아니라는 뜻이다. 그런 그가 자객을 보냈다고?

"난 어떻게 하면 좋을까?"

엘리즈도 복잡한 듯 머리를 쥐며 다시금 눈물을 흘렸다. 황제의 장례식을 마친 지 얼마 되지 않아 또다시 불미스러운 일이 발생하니 그녀는 괴로워하고 있었다. 그녀도 이것이 황위를 놓고 싸우는 암투라고 파악한 것이다. 그렇기에 더더욱 괴로워했다.

그렇게 과거에 우애 좋던 형제끼리 황위를 놓고 암투를 벌이고 있으니 괴로울 수밖에 없었다. 이 때문에 그녀는 스스로 황위 계승권을 포기한 것이다. 이런 일이 벌어지지 않도록, 조금이라도 완만하게 될 수 있도록 한 것인데, 순식간에 파국으로 치닫고 있었다.

"……."

발렌은 그렇게 빛이 나던 엘리즈가 무척 작게 느껴졌다. 약자에게는 약하고, 강자에게는 강했던 모습이 아니었다. 곤경에 빠져 이러지도 저러지도 못하는 한 명의 평범한 사람이었다. 발렌도 이런 일은 자신과 너무 동떨어져 있기에 그녀의 마음을 전부 이해할 수 없다. 하지만 어느 정도는 충분히 이해할 수 있다.

"모르겠어. 전혀 모르겠어. 오라버니들이 다투고, 둘째 오라버니가 그럴 일을 할 사람이 아니라는 것도 잘 아는데 어떻게 해야 할지…… 첫째 오라버니는 그 일에 대해 형식상 조사만 하고 있고, 깊이 파고들고 있지 않고 있대. 분위기로 보아 그냥 이대로 아루스 오라버니에게 죄를 뒤집어 씌우려는 것 같아. 지금 일주일 내로 처형시킨다는 얘기까지 돌고 있대."

그녀는 눈물을 쏟으며 괴로워하고 있었다. 그 말을 듣고 황위를 놓고 본격적으로 진흙탕 싸움이 시작되고 있다는 걸 눈치챌 수 있었다. 아루스 진영에서는 제대로 대응하지 못하는 것 같았다. 자객의 말 한 마디의 파급력이 만만치 않던 모양이었다.

그녀의 말만 들어서는 가벨의 음모가 확실해 보인다. 누가 들어도 발렌과 똑같이 말할 것이다. 엘리즈도 마찬가지로 이로 인해 괴로워하고 있었다. 하지만 이것은 한쪽의 얘기다. 다른 한쪽의 얘기를 들어보지 않았기에 정확한 판단을 내리기가 곤란하다. 발렌도 이 때문에 망설이고 있었다. 애초에 그는 누구의 편에 설지에 대해 생각한 적이 전혀 없었다.

반면 그녀는 황족이면서 자신의 오라버니들이 싸우는 걸 원치 않지만 가벨의 음모로 판단해 아루스의 편을 드는 것 같았다. 해결책을 아무리 머릿속에 그려도 딱히 떠오르지 않아 더욱 괴로워하고 있는 것이다.

"발렌, 도와줘……."

자신을 도울 사람이 누구일지 생각하던 엘리즈는 결국 발렌에게 도움을 요청하려고 온 것이었다. 자신을 몇 차례 구해 주고, 이바나도 구해 주고, 세기어 왕국의 야만족을 상대로도 일을 해결한 그에게 도움을 구하는 것이다.

발렌은 망설였다. 지금까지와 달리 이번에는 정치적인 문제까지 해결해야 하는 문제였다. 정치적인 문제를 그가 해결할 수 없다. 그는 이 나라의 정치와 아무런 관련이 없고, 그에 대해 아무것도 모르기 때문이다.

'얼마나 괴롭고, 경황이 없으면 내게 도움을 구할까.'

그만큼 그녀가 몰렸다는 증거일 것이다. 발렌은 대답을 망설였다. 마음 같아서는 엘리즈를 돕고 싶었다. 하지만 그녀를 돕는 게 맞는 것일까란 의문도 든다.

그때였다.

가벨 황자와 아루스 황자 중 누구의 편에 설지 선택하라.

갑자기 머릿속에서 목소리가 울려 퍼진다. 리셋이 진행되지 않았는데 갑자기 그에게 주어진 선택권. 발렌에게 이런 일은 처음이었다. 지금까지 그 임무에 대해 딱 주어졌다면 지금은 선택을 해야 하기 때문이다.

'지금 내가 할 발언으로 미래가 달라진다는 건가?'

완전히 서로 다른 길이고, 지금까지 없던 일이다. 그만큼 그의 선택에 따라 미래가 극과 극으로 갈린다는 의미일 것이다.

발렌은 무엇이 옳고 그른지 모른다. 어떻게 돌아가고 있는 것인지 모르지만, 아루스에게 불리하게 돌아가고 있는 것만큼은 확실하다. 괜히 이런 문제에 엮이면 자신도 곤란해지지 않을까.

"발렌……."

눈물을 쏟으며 그에게 도움을 요청한다. 그 모습을 보고 발렌의 가슴이 아려왔다. 발렌은 침음하며 대답을 망설인 다. 신중해진다. 지금까지 결정하고, 행동해 왔던 것들보다 더욱 신중하게.

"제발……."

"……."

발렌은 침묵한다. 입술을 꽉 깨물며 그가 눈을 감는다. 생각할 시간이 필요하다. 하지만 그럴 새도 없이, 발렌의 손에 온기가 느껴졌다. 엘리즈가 그의 손을 붙잡은 것이다. 말하고 있지 않지만, 그녀는 눈물을 흘리면서 발렌에게 부 탁하고 있었다. 그 모습을 보고 발렌이 고개를 주억였다.

"알았어."

결정을 내린다.

"널 도와줄게."

딱히 레이디를 위해 싸운다는 기사도 정신을 발휘한 것 은 아니다. 눈앞에서 여자아이가 눈물을 흘리고 있는데, 이 를 거절할 수 있는 남자가 몇이나 될까. 발렌도 이성적으로 판단하려고 해도 눈앞에 눈물을 흘리는 여성을 보고 외면 하지 못하는 것은 다른 남자와 다를 바 없었다.

그리고 그저 마음이 가는 곳을 선택한 것이다. 그녀에게 도움을 받았고, 지금까지 같이 친하게 지냈다. 조금이라도 마음이 더 가는 쪽을 선택하는 건 인간의 본능이다. 발렌이라고 별로 다를 바 없었다.

"고마워, 발렌."

엘리즈가 미소를 지으며 그를 꼭 부둥켜안았다. 갑자기 끌어안아서 당황스럽기는 하지만, 그녀가 기뻐하는 모습을 보니 그녀의 편에 서기를 잘했다고 생각했다.

아루스 황자를 탈출시켜라

결정을 내리기 무섭게, 그의 머릿속에 무엇을 해야 할지 임무가 내려졌다. 목표가 생기자 발렌은 자리에서 일어났다.

"아루스 황자 전하를 구할 작전을 세우자."

Chapter 08
탈출

　바올라 제국이 자랑하는 무궁한 역사만큼 외세의 침략과 내전이라는 몇 번의 위기가 있었지만, 많은 역사학자들은 하나같이 이 사건을 바올라 제국의 가장 큰 위기라고 말한다. 이 사건은 바올라 제국을 전기와 후기로 나누는 계기가 된다. 그것이 바로…….

　─『천 년의 제국 바올라』122p 中 발췌─

　　　　＊　　　＊　　　＊

황성에서 자라고 지냈던 엘리즈에게 황성의 구조를 들은 발렌. 하지만 가장 큰 문제가 있었다. 바로 황성 내부의 감옥에 대해서는 잘 알지 못한다는 점이다. 엘리즈도 20여 년 동안 황성에서 지내면서 감옥에 갈 일이 없었기 때문에 감옥의 구조를 전혀 모른다.

지하 감옥이 어디에 있는지만 알뿐, 그 내부 구조를 잘 모른다. 그렇기 때문에 아루스가 어디 있는지는 직접 부딪쳐 봐야 한다는 것이었다.

"네가 면회를 왔다고 하면 되지 않아?"

"대역 죄인으로 조사를 받고 있어. 면회는 전면 금지겠지. 그리고 내가 황성으로 간다면 첫째 오라버니에게도 이 소식이 전해질거야."

엘리즈가 왔으니 그 보고가 올라갈 테고, 당연히 그녀가 간 곳이 어디인지, 왜 왔는지에 대해 조사할 것이다. 엘리즈가 황성으로 돌아가면 오히려 작전에 방해될 요소가 많았다.

그 때문에 이러지도 저러지도 못해 발렌에게 도움을 구한 엘리즈였다. 발렌도 황성으로 출입할 명분이 없어 난감한 표정이다. 면회를 가서 필요한 물품을 건네고, 탈출할 수 있도록 하고 싶었다. 아루스라면 충분히 혼자 힘으로 탈출할 수 있을 것이다. 하지만 면회조차 불가능하고, 바깥소식조차 알지 못하는 아루스다.

이미 가벨의 진영은 아루스를 처형을 하는 쪽으로 몰아가고 있었다. 아루스 진영은 당연히 이에 반발하고 있지만 전세가 가벨 쪽으로 기울어졌다. 마치 파도를 타듯 가벨 진영은 일을 하나둘씩 진행 중이다.

'보아하니 오래전부터 물밑 작업을 한 느낌이 강하군.'

이렇게 쉽게 몰아붙이는 건 즉흥적으로 할 수 있는 것이 아니다. 제아무리 정치에 능한 사람이라도 이렇게 순탄하게 일을 진행시키는 건 거의 불가능에 가깝다. 오래전부터 작업을 하지 않는 이상 말이다.

"시간이 얼마 남지 않았어."

엘리즈가 발을 동동 굴렀다. 한시라도 빨리 아루스를 구해야 한다는 생각으로 가득한 그녀. 그러나 발렌은 고개를 저었다.

"아직 약간의 시간은 있어. 급박한 건 알지만, 천천히 생각하자. 오히려 너무 일을 서두르다가 그르칠 수 있으니까."

아루스가 처형되기 전 그를 구해야 했다. 발렌은 어떻게 그를 구할지 계속 고민한다. 딱히 떠오르는 방법이 없었다. 그를 어떻게 해야 구할 수 있을까. 발렌은 팔짱을 끼며 곰곰이 생각하다가 그녀에게 물었다.

"리즈, 지하 감옥은 누가 지키고 있어?"

"교도관들이 지키고 있는 것으로 알고 있어. 황성 지하 감옥은 죄질이 나쁜 사람들을 가두는 곳이거든."

"다들 근위대 소속은 아니지?"

"아니야. 근위대가 교도관 노릇을 할리 없잖아."

근위대는 황제를 지키는 친위대이다. 그들이 아무리 심심하다고 하여 교도관을 할 리가 없었다. 그렇다면 당연히 귀족 출신도 없을 테고, 평민 출신의 교도관들이 그쪽을 관리하고 있을 것이다.

"지하 감옥에 들어갈 방법이 있을 것 같은데?"

"정말? 뭔데?"

너무 쉽게 해결책을 찾은 것 같아, 엘리즈가 놀란 눈으로 그를 바라보았다. 발렌이 손을 동그랗게 말았다.

"돈."

"……?"

돈하고 뭔 상관이냐는 듯 엘리즈가 바라보았지만, 발렌은 말없이 웃을 뿐이다.

"하지만 이건 내가 해야 될 것 같아. 네가 황성으로 가면 눈에 너무 잘 띄니까. 네가 아루스 황자 전하 진영에서 가장 믿을 만한 귀족에게 서신을 보내 줄래?"

"서신?"

"혹시 어려운 문제야?"

"딱히 어렵지는 않은데…….."

엘리즈가 고개를 저었다. 서신을 보내는 거야 어렵지 않다. 하지만 갑자기 서신을 보내는 이유는 알지 못했다.

＊　　　＊　　　＊

세인브리트 중앙 광장. 중앙 광장 분수대 옆에는 공문이 항상 붙는다. 나라에서 진행하는 일과 새로 바뀐 법을 백성들에게 알리기 위해 공문을 붙이는 것인데, 오늘따라 유독 사람들이 많이 몰려 있었다.

공문에는 모든 이들을 충격에 빠뜨리는 내용이 쓰여 있었다. 바로 아루스 황자가 이번에 자객을 보낸 배후자이며, 공개 처형을 하겠다는 것이다. 황족을 공개 처형한다는 얘기에 다들 깜짝 놀라면서 수군수군했다.

"이 공문이 정말 나라에서 결정한 사항인가?"

"다른 사람도 아니고 황족을 공개 처형하다니. 이런 일이 있을 수 있는 건가?"

모두 혼란으로 가득했다. 황족을 처형하다니. 황족은 제아무리 대역죄를 지어도 공개 처형이라는 강경책을 쓰지 않는다고 들었다. 아무도 모르게 형에 처했으면 처했지, 공개 처형은 매우 불명예적인 일이기 때문이다.

이는 처형자뿐만 아니라 황실의 명예가 크게 실추되는 일이기 때문이다.

혹시 세인브리트에 잠입한 스파이가 혼란을 주기 위해서 붙인 것인가 했지만, 근처를 지나는 병사들은 그 공문을 뗄 생각도 하지 않았다. 이것이 나라에서 직접 내린 사안이라는 것임을 병사들의 반응을 통해 알게 되었다.

"제2 황자가 정말 배후자가 맞긴 하나?"

"제1 황자를 암살하려던 자객이 제2 황자 전하를 향해 만세를 외쳤다고 하더군."

"아니, 확실한 것도 아니고, 오히려 음모에 빠뜨리려는 것처럼 보이는 그것으로?"

다들 나라꼴이 이상하게 돌아간다는 것에 기가 찬 얼굴을 지었다.

"이거 참. 세상이 어찌 되려고 이러는 건지."

정치에 무관심하고, 나라님이 알아서 하겠지 방관하던 백성들조차 이 나라 일을 걱정하기 시작했다.

*　　　*　　　*

아루스는 많은 사람들에게 환심을 사고 있으며 인맥도

대단했다. 로제마 공작도 아루스의 사촌이면서 그를 지원하는 사람 중 한 명이다. 아루스의 누명을 풀어 주기 위해 사방팔방 돌아다니고 있었다.

하지만 아루스의 누명을 풀어 주기는 매우 어려웠다. 자객이 아루스를 향해 만세를 외친 것으로 대역 죄인으로 몰 명분을 얻었다. 하나 이쪽은 그에 반박할 여지가 존재하지 않았다. 이후 자객이 나타나면 마찬가지로 생포하여 조사하고 싶지만, 자객은 그 이후로 나타나지 않았다.

"조잡하지만 잘 짜인 연극 같구나."

로제마 공작이 머리를 쓸어 올리며 불편한 기색을 숨기지 못했다. 아니라고 하면 공범이 아니냐는 듯 몰아가는 분위기인 터라 이쪽에서는 말을 아낄 수밖에 없는 상황이었다. 로제마 공작이 일단 처형일을 연기하려고 하지만, 가벨의 진영에서는 일주일 후에 처형을 할 것이라며 못을 박아 뒀다. 그나마 그가 힘을 쓴 덕분에 이 정도로 시간을 끌 수 있던 것이다. 일주일 내에 그의 누명을 벗겨야 했다.

'하지만 시간이 부족하다. 또한 증거도 없다.'

저쪽은 자객의 말 한 마디로 증거의 효력을 제시하고 있는 터라 그것을 무력화시킬 증거가 필요하다. 하지만 자객은 나타나지 않고, 증거를 찾을 방도를 모색하기도 힘들다.

'황자를 공개 처형하다니. 이런 말도 안 되는 일은 있을

수 없다!'

바올라 제국의 역사상 이런 일은 없었다. 황위를 얻으려고 반란을 모의한 황자는 몇몇 있었지만, 처형을 진행하지는 않았다. 평생을 외딴 섬으로 유배시키거나, 황궁 탑 꼭대기에 가두는 게 전부였다. 처형하겠다고 강경책을 내놓은 적은 단 한 번도 없었다.

'가벨 황자는 아루스를 견제하고 있다. 이 일을 계기로 자신이 황권을 쥐고자 하는 것이겠지.'

가벨과 황위를 다투는 것은 단 한 명, 아루스뿐이다. 프리실라는 메이어 신성 제국의 황태자비로 있고, 엘리즈는 황위 계승권을 포기했다. 아루스만 없어지면 그가 황제가 되는 건 어려운 일이 아니라는 것이다.

'아루스 황자를 살려 두면 언제고 자신의 자리를 위협할 수 있으니 아예 없애 버리려는 속셈인가.'

그것이 가벨에게 있어 자리를 유지하고, 가벨 진영의 귀족들에게는 자신들의 이권을 챙길 다시없을 기회나 마찬가지이다. 두 눈 뜨고 그런 꼴을 볼 수는 없다. 가벨 진영의 간신배들이 이 나라를 주무르게 할 수 없다.

"공작 전하. 안에 계십니까?"

집무실 입구 앞에서 들려오는 목소리. 로제마 공작의 옆을 지키며 일을 돕는 집사, 바레트 집사이다.

"무슨 일이지?"

"공작 전하를 뵙기 위해 손님이 찾아왔습니다."

"손님?"

딱히 누구와 만나기로 한 적은 없었다. 선약이 있었는지 일정표를 확인했지만 없었다. 그렇다면 개인적인 일이나 급한 일로 찾아온 손님이란 뜻이리라.

'가벨 황자 진영의 사람인가?'

그 가능성도 충분하다. 자신들을 도우라고 유혹하려는 것일지도 모른다. 그들에게도 로제마 공작은 충분히 유용한 사람일 테니까. 누군지는 모르지만 만일 자신을 현혹하려고 드는 것이라면 바로 내쫓을 생각이다.

"일단 안으로 들여라."

허락이 떨어지기 무섭게 집무실이 열리며 안으로 누군가가 들어왔다. 갈색 머리와 눈동자를 가진 청년. 처음 보는 사람이다. 누군지 감을 못 잡고 있는데, 그가 정중히 예의를 갖췄다.

"반갑습니다, 로제마 공작 전하. 전 발렌시아 알슈타이트입니다."

"알슈타이트? 알슈타이트라면 세기어 왕국의 칭호일 텐데……."

로제마 공작이 잠시 생각하다가 이번에 세기어 왕국에서

알슈타이트라는 칭호를 하사받은 이를 기억해 냈다. 엘로이 가문의 이바나와 평민 출신의 도서관 사서다. 이바나의 얼굴을 알고 있기에 남은 사람이 누군지 짐작하는 건 어렵지 않았다.

"자네가 세인브리트 마탑 도서관 사서인가?"

"예, 공작 전하."

발렌이 고개를 주억였다. 로제마 공작은 발렌에 대해 소문을 익히 들었던 터라 그를 반갑게 맞이했다.

"알다시피 바일런 드 로제마다. 일단 자리에 앉거라."

로제마 공작이 자리로 안내했다. 집사에게 다과를 부탁하자, 곧 다과를 내왔다.

"그대에 대해서는 익히 들었다. 한 사람이 하기 힘든 일을 자네는 혼자 해결했더군. 얼마 전에는 세기어 왕국에서 제대로 일을 벌였다지?"

"저 혼자서 해낸 일은 아닙니다. 주위에서 많은 도움을 준 덕분입니다."

로제마 공작은 발렌을 매우 달가워했다. 떳떳이 자랑해도 될 텐데 겸손하게 대하는 그가 싫지 않았다. 마음 같아서는 그와 깊은 얘기를 나누고 싶지만, 지금 그럴 시간이 없었다.

"미안하네만, 바로 본론으로 넘어가지. 내가 좀 바빠서 말이야. 그대가 내게 찾아온 연유가 무엇인가?"

발렌도 바로 본론으로 넘어가려고 했던 참이기에 잘됐다 생각했다.

"황녀님께서 보내신 서신입니다."

"황녀님? 엘리즈 황녀님 말인가?"

이 나라에 있는 황녀라면 엘리즈가 유일하다. 발렌이 품에서 서신을 꺼내 그에게 건넸다. 로제마 공작이 엘리즈의 서신을 읽어 나갔다.

> 로제마 공작 전하. 엘리즈입니다. 아루스 오라버니를 위해 힘써 주시는 걸 잘 알고 있습니다. 현재 제가 보낸 이는 제 친우이자, 절 여러 번 구해 주고, 나라에 공을 세운 세인브리트 마탑 도서관의 사서입니다. 그가 이번에 아루스 오라버니를 구출하기 위해 힘을 써 줄 겁니다. 그가 부탁하는 것을 들어주세요.
>
> —엘리즈 폰 바올라—

엘리즈의 필체가 맞았다.

"황녀님께서는 아루스 황자 전하를 구하기를 원하십니다."

"그건 나도 황녀님과 마찬가지네."

로제마 공작과 뜻이 같았다. 하나 아무리 방도를 구하려고 해도 쉽지 않은 것도 사실이다.

"하지만 이를 뒤집을 증거도 없고, 찾을 방도도 없지 않습니까?"

"맞네."

로제마 공작의 분위기가 어두워졌다.

"처형일은 앞으로 일주일 후. 그 안으로 아루스 황자의 누명을 벗겨 내야 하지만 시간이 매우 촉박하지."

로제마 공작도 어디서부터 시작해야 할지 난감한 얼굴이다. 처형일이 이미 결정됐고, 백성들에게 공문으로 알린 바, 이제 연기하는 것은 불가능하다. 그렇다고 아루스가 불명예스러운 일을 당하게 가만 놔둘 수도 없는 노릇이다.

"아루스 황자를 구할 방도가 있는가?"

"예. 방법이 있습니다."

"그게 무엇인가?"

"아루스 황자 전하를 감옥에서 탈출시키는 것입니다."

탈출. 로제마 공작도 그것을 왜 생각하지 않았겠는가.

"말이야 쉽지, 실제로 어려운 일이다. 이미 철통같이 경계를 서고 있는 상황인데, 그것이 쉬울 것이라 보는가?"

그를 구하기 위해서는 삼엄한 경계를 뚫고 안으로 들어

가 그를 구출해야 한다. 또한 지하 감옥은 엄청나게 복잡하다. 가벨과 그를 따르는 몇몇 신하들 빼고 아루스가 지하 감옥 어디에 갇혀 있는지 모른다. 면회가 가능했으면 그 안으로 들어가 위치라도 알아내서 쉽게 탈출시킬 수 있을 텐데, 면회조차 불가능하다.

"제게는 쉬운 일입니다."

발렌은 자신 있게 대답했다. 로제마가 의아한 얼굴로 그를 바라보았다. 자신도 어려운 일을 발렌이 쉬운 일이라고 못 박고 있으니 무슨 방도가 있는 것 같았기 때문이다.

"어떻게 그리 자신이 있는 거지?"

"황녀님을 성공적으로 위기에서 몇 번이나 구했습니다. 제게는 아루스 황자 전하를 구할 힘이 있습니다. 엘리즈 황녀님이 왜 절 보냈겠습니까?"

리셋 마법. 보나바르의 저주. 발렌에게는 이것을 타파할 기회가 있다. 그에게 갈 때까지 몇 번이고 시도하면 되는 것이다.

"……."

발렌의 말에 로제마 공작이 침묵했다. 뭔가 방법이 있어 보이지만, 말하지 않는 것이 의심스러웠다. 정말 구할 자신이 있어서 그런 것이거나, 자신이 뭐든 해낼 수 있다고 과신하는 것이던가. 둘 중 하나가 아닐까 생각이 들었다.

'하지만 엘리즈 황녀는 바보가 아니다.'

선뜻 남을 신용해서 보낼 사람은 더더욱 아니다. 그녀가 신뢰하고, 믿을 만하고, 여러 가지 종합적으로 생각해 봤을 때 발렌이 가능성이 있을 것이라 생각해서 보낸 것이리라. 사촌인 만큼 어렸을 적부터 엘리즈를 봐 온 로제마 공작이다. 당연히 이를 모를 수 없었다.

"그래, 엘리즈 황녀가 자네를 신용하여 보냈겠지. 서신에도 자네를 적극 도우라 써 놓기도 했고 말이야. 한번 믿어 보도록 하지."

발렌이 자리에서 일어나며 예의를 갖췄다.

"감사합니다."

"그래서, 내가 도울 게 뭔가?"

발렌이 빙긋 미소를 지었다.

*　　　*　　　*

황성에 로제마 공작과 함께 들어온 발렌은 그의 시종처럼 복장을 갖춰 입은 상태였다.

발렌이 황성으로 들어오기 위해서는 초대를 받거나, 누군가를 대동해서 들어와야 했다. 발렌이 로제마 공작에게 요청한 것은 단 하나, 황성으로 들어갈 수 있도록 하는 것이다. 지하 감옥에 들어가기 위해서는 황성으로 반드시 들어와야 하기 때문이다.

엘리즈는 세인브리트 마탑의 마법사가 되면서 시종을 대동하지 않기 때문에 들어오는 데 감시가 붙을 수밖에 없다. 애초에 다른 이유도 아니고 일개 사서가 엘리즈와 함께 황성으로 들어오는 것 자체가 수상쩍은 일이다. 하지만 로제마 공작은 명예로운 귀족 가문의 한 명으로 시종을 항시 여럿 데리고 온다.

발렌이 시종으로 위장해서 들어오면 당연히 주목을 받지 않게 된다. 실제로 황성에 들어오면서도 그 누구도 발렌에게 시선을 향하는 사람이 없었다.

"시간이 좀 걸릴 터이니 밖에서 대기하고 있거라."

"예, 공작 전하."

시종들이 정중히 고개를 숙였다. 발렌도 그들을 따라 고개를 숙인다. 로제마 공작이 발렌에게 한 번 눈짓으로 인사하더니 황성 안으로 들어갔다. 로제마 공작이 황성 안으로 들어가자 바레트가 발렌에게 돈주머니를 건네며 작게 말했다.

"잘 부탁드립니다."

발렌이 고개를 주억였다. 그리고 그는 헛간을 다녀오겠다고 일부러 크게 말하고는 어딘가로 향했다.

        *   *   *

지나가는 사람들에게 물어 지하 감옥 입구를 찾아온 발렌. 황성의 미로와 같은 길을 간신히 걷고 걸어 지하 감옥 입구까지 도착할 수 있었다.

교도소장에게 돈주머니를 건네려던 찰나였다. 갑자기 근위병들이 들이닥쳐 발렌에게 창을 겨눴다. 근위병 대장이 칼을 꺼내 그에게 겨누며 소리쳤다.

"이곳을 찾으려는 이가 네놈인가. 용무가 무엇이냐!"

"이런."

지하 감옥이 어딘지 묻던 것이 수상쩍은 이로 오해받은 모양이다. 확실히 자신이 생각해도 이런 시국에 지하 감옥을 찾는 사람이 있으면 수상하게 생각하리라 생각했다. 발렌은 시작도 하기 전에 일이 틀어졌다는 것을 깨닫고 손을 자신의 머리에 뻗었다.

"파이어 볼."

콰앙!

폭발음과 함께 발렌의 머리가 사라졌다.

"발렌, 도와줘……."

그리고 발렌은 엘리즈가 자신에게 아루스의 구출을 도와

달라고 부탁하는 구간부터 다시 시작한다.

*　　　*　　　*

　다시 지하 감옥 입구. 그가 지하 감옥에 들어가려고 하자 그 근처에 있던 교도소장이 그를 제지했다. 발렌은 돈주머니를 꺼내 건넸다. 돈주머니를 열어 본 교도소장이 이를 보고 두 눈이 휘둥그레졌다. 평생이 걸려도 벌 수 없을 만큼 많은 돈이 있어 놀랄 따름이다. 상급 교도소장이 헛기침을 하며 얼른 돈을 품 안으로 집어넣었다.

　"크흠! 특별히 안으로 들여보내 주는 것이니 허튼짓하지 않도록 주의하는 게 좋을 겁니다. 그리고 순찰을 도는 교도관들까지 어쩌지 못하니까 들키지 않게 조심하십시오."

　"예, 물론이죠."

　"시간은 20분 정도 주겠습니다."

　교도소장은 지하 감옥 안으로 발렌과 함께 동행해 그 안을 지키는 교도관들을 집합시켰다. 갑작스러운 집합 소식에 교도관들이 우르르 몰려오는 소리가 들려오고, 발렌은 몰래 옆으로 빠져 지하 감옥 안으로 유유히 들어갔다.

　'하나, 둘, 셋, 넷……'

　발렌이 속으로 숫자를 세며 이동한다. 일정한 숫자를 세었을 때 그는 방에 들어가거나 구석에 숨었다. 두 명이 한 조로 움직이는 교도관들. 발렌은 그들의 눈을 피해 계속 전진한다.

'지하 감옥은 정말 복잡하네.'

몇 번이나 반복한 건지 모른다. 세인브리트 황성의 지하 감옥은 미로처럼 복잡했다. 같은 곳을 계속 맴돌고 있는 게 아닌가 하는 착각이 들 정도였다. 그렇게 얼마나 지났을까. 슬슬 20분이 지나려고 한다. 또 자결해서 다시 시작해야 하나 생각하던 찰나였다. 발렌은 주변에서 인기척을 느낄 수 있었다.

그가 그쪽으로 발걸음을 옮기자 철창 속에서 가만히 앉아 뭔가를 골똘히 생각하고 있는 아루스를 볼 수 있었다. 빛이라고는 횃불이 전부인 이곳에 며칠이나 있던 아루스. 그는 그 며칠 사이에 사람이 바뀐 것처럼 야위어 보이기까지 했다.

"황자 전하."

발렌이 부르자 에메랄드빛 시선이 이쪽으로 향한다. 아루스가 놀란 얼굴로 그를 바라보았다.

"자네는……."

아루스는 설마 그가 이곳에 찾아올 줄 전혀 예상하지 못해 보통 놀란 것이 아니었다. 그가 철창 쪽으로 가까이 다

가왔다

"자네가 여긴 어쩐 일인가? 면회는 금지라고 들었는데?"

"리즈가 부탁해서 수를 써서 들어왔습니다."

이곳까지 도달하는 데 리셋을 꽤 많이 했지만, 덕분에 이곳에 찾아올 수 있었다.

"누이동생이?"

아루스는 의아한 얼굴로 그를 바라본다. 발렌이 고개를 주억였다. 시간이 없기 때문에 얼른 그를 탈출시켜야 했다.

"같이 탈출하시지요. 제가 탈출 경로를 여러 곳 알아봤습니다."

발렌은 길을 잃고 헤매면서 지하 감옥에도 지름길과 통로가 있다는 것을 알아냈다. 지하에 있다 보니 지진 같은 것으로 매몰될 것을 대비해 길을 여러 곳으로 만든 것이다. 그 때문에 지하 감옥의 길이 복잡한 것이다.

"난 탈출할 수 없네. 탈출하는 순간 내 혐의를 인정하는 꼴이 되지 않는가. 형님께서 내 누명을 벗겨 주실 테니 너무 염려 말게."

아루스는 가벨이 자신의 혐의를 풀어 줄 것이라 철석같이 믿고 있다. 발렌은 그의 태도에 의아해하며 말했다.

"황자 전하의 처형일이 결정됐습니다. 왜 죽음을 기다리시는 겁니까?"

"처형? 그게 무슨 소리인가?"

"모르셨습니까?"

발렌이 더 의아해했다. 본인의 처형일조차 전해 듣지 못한 것 같았다. 그가 탈출할 생각도 하지 못하도록 조치를 취한 것 같았다.

"이미 중앙 광장에 공문까지 붙었습니다. 앞으로 사흘 뒤, 황자 전하께서 중앙 광장에 공개 처형이 진행될 예정입니다. 죄목은 황실 능멸 죄입니다."

"그럴 리가! 형님께서 뭐라고 말하지 않은 것인가!"

"공개 처형을 최종 승낙한 사람이 바로 가벨 황자님입니다."

"……"

아루스는 정말 믿을 수 없다는 듯 입을 벌렸다. 그리고 곧 표정이 일그러졌다.

"형님이 그럴 수가…… 황위 계승권에 아무리 눈이 멀어도 그렇지 어떻게 내게 이렇게까지 할 수 있단 말인가."

자신을 싫어한다고 해도 혈육이니 자신의 누명을 벗겨 줄 것이라 생각했던 아루스. 당연하게 생각했던 만큼 충격과 배신감이 컸다. 아루스가 마음이 아프다는 듯 가슴을 쥐며 이를 갈았다.

"지금 그 일은 나중에 생각하시고, 얼른 탈출하는 게 좋을 것 같습니다."

아루스가 고개를 주억였다. 하지만 그는 탈출할 방도가 없었다.

"아쉽지만 지금 난 아무런 능력도 사용하지 못하네. 이 쇠고랑은 마법 처리가 되어서 내 능력을 봉인하고 있으니까. 억지로 부수려고 하면 내 팔이 절단될 것이야."

오러 나이트 경지의 아루스라면 쉽게 이 철창을 부수고 탈출할 수 있을 것이라 생각해 대비를 한 것 같았다. 발렌은 쇠고랑을 열쇠로 푸는 방법밖에 없다 판단하고, 일단 철창부터 해결하기로 했다.

"브레이크(Break)."

감옥 문의 자물쇠가 파괴되었다. 발렌이 자물쇠 고리를 풀어 철창을 열었다. 아루스가 철창 밖으로 나왔다. 발렌이 가지고 있던 허름한 로브를 그에게 건넸다.

"급한 대로 이걸 챙겨 왔습니다. 입으시지요."

발렌이 건넨 로브를 받은 아루스가 고개를 주억였다. 옷이 허름하기는 하나, 지금은 그것을 가릴 때가 아니었다.

쇠고랑 때문에 팔은 어쩌지 못하지만, 걸치는 정도면 충분했다. 발렌은 그가 옷을 입는 것을 돕고서 그를 밖으로 안내했다.

　　　　　*　　　　*　　　　*

　로제마 공작의 도움 덕분에 발렌은 아루스를 구출하는
데 성공할 수 있었다. 발렌은 지하 감옥을 빠져나오고서 그
를 이끌고 마탑으로 향했다. 로제마 공작과 아루스만 알고
있는 비밀 통로를 통해 황성 밖으로 빠져나올 수 있었다.
다행히 사람들 눈에 띄지 않고 마탑 도서관으로 올 수 있던
발렌.

　"오라버니."

　아루스를 데리고 오자 엘리즈가 울먹거리며 아루스를 꽉
끌어안았다.

　"엘리즈."

　아루스가 미안하고 고맙다는 얼굴로 그녀를 내려다보았
다.

　"내가 부족한 탓에 네 마음을 아프게 했구나."

　"아니에요, 오라버니. 무사하셔서 다행이에요."

　남매가 무사히 상봉하니 발렌의 얼굴에 웃음꽃이 피었
다. 그녀를 돕기를 잘했다고 생각하며 발렌은 이후의 일을
어찌할지 고민하는데, 엘리즈가 다가왔다.

　"발렌, 고마워."

엘리즈가 발렌의 손을 꼭 잡고 울음을 멈추지 못했다. 발렌은 미소를 지으며 고개를 저었다.

"아니야. 나 말고 로제마 공작 전하께 인사를 드려."

로제마 공작이 발렌을 많이 도왔다. 탈출하는 비밀 통로부터 교도소장에게 줄 뇌물까지 마련해 준 사람이 로제마 공작이기 때문이다. 그가 없었더라면 발렌은 지금보다 훨씬 어렵게 그를 탈출시켰을 것이다.

"이제 어떻게 할 생각인가? 날 도운 이상 자네도 무사하지 못할 터인데."

아루스는 발렌을 걱정했다. 자신을 도운 건 고맙지만, 이건 정말 중대한 일이다. 대역 죄인으로 몰아 처형시키려던 인물을 탈출시켰으니 발렌조차 감당하기 힘든 일이 된 것이다. 발렌도 알고 있다. 가시밭길인지 모르고 냉큼 돕겠다고 한 건 아니니까.

"여기도 안전하지는 않습니다. 곧 황자 전하께서 탈출했다는 것이 알려지겠지요."

시간문제일 뿐이다. 교도소장도 아루스를 만나게 하면서 돈을 건넸을 때, 이렇게 될 것임을 눈치챘을 것이다. 돈의 액수도 만만치 않고, 굳이 목숨을 담보로 안으로 들여보내 달라고 하는 건 흔치 않아도 어느 정도 겪은 일일 테니까.

"그럼 어디로 가는 게 좋다는 말인가? 로제마 공작께서 알려 주었는가?"

"로제마 공작 전하께서는 황자 전하를 타국으로 망명을 보내려 하고 계세요."

"망명⋯⋯."

아루스가 이를 꽉 깨물며 거절 의사를 표했다.

"이 나라에서 죽었으면 죽었지, 나는 결코 망명을 하지 않을 것이야. 언제가 될지 모르는 세월 동안 타국에 있으라고?"

바올라 역사에는 아루스처럼 황위를 놓은 싸움에서 위기에 몰린 황자가 타국으로 망명을 간 사례도 적잖게 있다. 하지만 그들은 전부 평생 이 나라에 다시 들어오지 못했다. 아루스는 자신도 그렇게 될 것이라고 생각한 것이다.

자신이 안전하고자 타국으로 망명하는 것보다 이 나라에서 싸우다가 죽을 각오를 하는 듯 보였다. 자신이 생각한 아루스의 모습 그대로였다.

"난 끝까지 싸울 것이야."

아루스가 죽을 각오가 되었다는 듯 눈빛을 보이자, 발렌은 자신도 모르게 미소가 피어올랐다.

"그렇다면⋯⋯."

발렌이 뭔가 대책을 말하려던 때였다.

덜컹!

도서관 입구가 벌컥 열리며 누군가가 안으로 들어왔다. 발렌과 엘리즈가 깜짝 놀라 각자 다른 자세로 경계했다. 발렌은 완드를 뽑아 들었고, 엘리즈는 아루스를 자신의 몸으로 가렸다.

"리즈! 발렌! 여기에 있어? 지금 밖에 난리가 났어!"

도서관에 들어온 이가 이바나임을 눈치채고 둘 다 안도의 한숨을 내쉬었다. 이바나는 성큼성큼 도서관 안으로 들어오며 소리쳤다.

"아루스 황자 전하께서 감옥에서 탈출하셨대! 세인브리트 전체가 완전히 비상이야."

최신 소식을 알린 이바나. 그러던 중 이바나의 시야에 허름한 로브를 입은 이가 들어왔다.

"그런데 이 사람은 누구……."

후드를 뒤집어쓰고 있지만, 그 안에서 에메랄드빛으로 빛나는 눈동자만 봐도 누군지 금방 알 수 있었다.

"화, 황자 전하?!"

이바나가 놀란 얼굴로 아루스를 바라보았다. 감옥에 갇혀 있어야 할 그가 도서관에 있으니 놀라지 않을 수 없던 것이다. 아루스는 쇠고랑을 찬 채 있었다. 누명이 풀려 나온 것 같지는 않고…… 엘리즈나 발렌도 방금 전까지 경계한 것을 보면 대충 짐작할 수 있었다.

"리즈, 발렌. 설마…… 아루스 황자 전하를 탈출시킨 거야?"

발렌과 엘리즈가 동시에 고개를 주억인다. 이바나는 그에 더 경악했다.

"얘들이 미쳤어. 그러다 걸리면 어쩌려고 그래! 이건 꾸지람 듣는 걸로 안 끝나!"

한두 살 먹은 어린애도 아니고. 이런 짓을 벌이면 어떻게 될지 누구나 다 아는 사실이다. 아루스와 동조했다며 공범으로 몰릴 가능성이 컸다. 처형 얘기까지 나오고 있으니 당연하다. 어쩌면 아루스와 마찬가지로 대역 죄인으로 몰릴 가능성도 농후했다. 이바나는 그러다가 발렌에게 시선을 향했다. 발렌이 입은 옷은 평소와 달랐다. 마치 어디 가문의 시종과 같은 옷이었다. 도서관에서 저런 옷을 입을 이유가 없으니 대충 그가 무슨 일을 벌였다는 걸 짐작할 수 있었다.

"설마 너 또……."

리셋 마법에 대해 언급하려다 아루스와 엘리즈가 있다는 것을 알고 침묵하며 눈치를 주는 이바나. 발렌은 그녀가 하려던 말이 뭔지 인지하고 고개를 주억였다.

"맞아요."

"왜 내게 말 안 한 거야?"

이바나는 굉장히 섭섭하다는 듯 보였다. 리셋 마법이 진행되면 자신에게 알리기로 약속했으면서 전혀 말하지 않았기 때문이다.

"혼자서도 충분했으니까요."

"내가 못 미덥다는 거야?"

"그런 뜻으로 한 말이 아니에요."

이바나가 눈을 치켜뜨자, 발렌이 난감한 표정이었다. 이바나는 그를 한동안 노려보다가 고개를 획 돌렸다.

"여기에 계속 머물 리는 없고. 다른 곳으로 도망칠 생각이지? 그렇다면 나도 따라갈 거야."

이바나의 결정에 엘리즈와 발렌이 깜짝 놀랐다. 엘리즈가 그녀를 말렸다.

"네가 말한 대로 이건 정말 위험한 일이야. 넌 이 일에 개입할 이유가 없어. 이비는 빠져."

"개입할 이유가 없다니! 오랜 벗이 위험한 길을 걷겠다는데!"

되도록 귀찮은 일에 개입되는 걸 바라지 않아 보이던 이바나가 같이 가시밭길을 걷겠다고 하니 의외이기도 했다. 엘리즈도 그러한데, 발렌이라고 다르겠는가. 이바나를 다시 보는 계기가 된 것 같았다.

"애초에 나도 가벨 황자가 이러는 게 마음에 안 들었어."

이바나도 아루스의 처형을 달갑지 않게 생각했던 모양이다. 실제로 아루스의 처형을 달갑게 여기는 백성은 거의 없다고 봐도 무방했다.

"황위 때문에 혈육을 처형하려고 하다니. 이 나라의 법은 이제 바뀌어야 돼."

오랜 전통이고, 지금까지 바올라 제국이 천년 제국이라 불린 이유이기도 하지만, 이미 고일대로 고여 썩어 버린 물이었다. 아마 그렇게 생각하는 건 이바나만이 아닐 것이다. 실제로 오랫동안 대다수의 백성들도 황위 계승권을 놓고 치열하게 암투를 벌이는 시점에서 그 법이 바뀌어야 된다고 생각하고 있으니까.

"고마워, 이비."

"됐어. 난 이제 죽었어. 할아버지가 이 사실을 알면 날 가만두지 않을 거야."

이바나는 크게 한숨을 내쉬며 고개를 저었다. 자신이 얼마나 기분대로 결정했는지 잘 알고 있는 탓이다. 이 사실을 훗날 탑주가 알게 되면 보통 혼나는 게 아니라는 걸 깨달은 것이다. 이바나는 고개를 저으며 땅이 꺼지도록 다시 한 번 한숨을 내쉬었다.

"그래, 이제는 어쩔 생각이지? 아까 전에 하려던 말을 마저 하지."

아루스가 발렌에게 질문했다. 발렌이 이바나가 들어와 못했던 말을 꺼냈다.

"싸우고자 한다면 분명 지금까지의 역사에는 없던 일이 생길 겁니다."

"나도 알고 있네."

아루스의 표정이 어두워졌다. 이제 돌이킬 수 없고, 저항하려면 딱 하나밖에 없었다. 전쟁이다. 내전이라는 상상도 하지 않았던 일이 현실이 된 것이다.

"아루스 황자 전하를 지지하는 영지로 가시는 게 옳다 판단합니다."

"나를 지지하는 영주들이라면……."

그가 곰곰이 생각하다가 곧 입을 열었다.

"대부분 동쪽에 있네."

"다행이군요."

서쪽이면 어쩌나 했는데, 다행히 동쪽에 많다고 하니 발렌도 안심이 되었다.

"그렇다면 동쪽으로 이동하시죠."

"목적지 없이 우리를 받아 주는 영지에 가는 겐가?"

발렌이 고개를 저었다. 제아무리 그를 지지하는 영주가 있다고 해도 목적지 없이 이동하는 건 매우 어리석은 행동이기 때문이다. 확실하게 그들을 도울 영주에게 가는 게 안

전하다.

"목적지는 정해져 있습니다."

"어디인가?"

"과거 마이셀 가문의 영지입니다."

발렌은 자신에게 충성한 엔더크 남작, 벨루나 남작, 마덴 남작이 있는 곳에 가려는 것이다.

*　　　*　　　*

"아루스가 탈출하다니. 도대체 경계를 어떻게 선 것이냐!"

가벨이 이를 부득부득 갈며 분노를 표했다. 마법 처리된 쇠고랑을 차고 있으니 능력이 봉인 당했을 터인데. 그가 그 삼엄한 황성 지하 감옥을 탈출하자 조력자가 있음을 의심하지 않을 수 없었다. 서둘러 감시초소를 세우고 수도 밖으로 빠져나가지 않도록 조치해 뒀다.

지나가는 상인들을 붙잡고 검문검색을 강화하라고 지시한 것이다. 그러나 아루스에 대해 들려오는 건 전혀 없었다. 수도는 물론 수도 외곽까지 검문검색이 이루어지고 있는데, 아루스를 봤다는 목격자마저도 나타나지 않고 있다. 이미 엄청난 거금의 현상금을 달았기에 금방 찾을 것이라 생각했건만.

"로제마 공작의 술수인가?"

로제마 공작이라면 충분히 아루스를 보이지 않게 몰래 빼돌렸을 확률이 컸다. 그는 사촌이기 전에 아루스를 지원하는 든든한 후원자이기도 했으니까. 가벨이 황제가 되었을 때 가장 크게 영향이 갈 사람이 자신임을 인지하고 이런 일을 벌였을지도 모른다.

대답을 한 것은 가론이었다.

"로제마 공작이 뒤에서 공작을 펼쳤을 가능성은 충분히 있다. 하지만 네가 황위에 오르는 것은 달라지지 않으니 걱정하지 마라. 그렇다고 뒤탈을 남기는 게 좋은 건 아니지."

가론은 가벨이 황제가 되는 것을 확실시했지만, 뒤탈이 될 만한 것을 남기는 걸 껄끄러워했다. 암살자로 일하던 가론이기에 뒤탈을 남기는 것을 극도로 싫어했다. 뒤탈을 남기느냐, 남기지 않느냐에 따라 목숨이 왔다 갔다 할 수 있기 때문이다.

"그를 찾아내야 한다."

"그래서 네놈이 병력을 풀지 않았더냐? 조금 더 기다려라. 곧 소식이 있겠지."

아루스에게 달린 돈이 얼만데. 제아무리 민심이 아루스에게 향하고 있다고 하더라도 눈에 불을 켜고 달려들 만큼 어마어마한 현상금이다. 귀족들마저 눈이 휘둥그레질 정도의 현상금이 붙었으니 금방 찾아내리라 본 것이다.

"황자 전하! 안에 계십니까?"

가론의 침소 밖에서 다급한 목소리가 들려왔다. 가벨이 턱짓을 하자 가론이 정중히 인사하며 문을 열었다. 문을 열자 가벨 진영의 귀족이 보였다. 매그널 백작이었다.

"황자 전하께서는 취침을 하실 예정입니다."

"지금 그게 중요한 게 아니네."

매그널 백작이 가론을 옆으로 밀치고 마음대로 침소 안으로 들어왔다. 가론이 마음에 안 든다는 듯 매그널 백작의 뒤를 노려보았다. 매그널 백작이 가벨의 앞에 섰다.

"황자 전하. 큰일 났습니다."

"무슨 일인데 그렇게 난리인가, 매그널 백작?"

"제2 황녀님이 행방불명되었다고 합니다!"

"엘리즈가?"

가벨이 벌떡 일어나며 가론을 바라보았다. 그러나 그는 자신은 아니라며 고개를 저었다. 그가 이런 일을 벌였는데 거짓말을 할 리가 없었다. 녀석도 의외라는 듯 놀라고 있었다. 거짓으로 짓는 표정 같지는 않았다. 녀석은 자신이 했으면 당당하게 자신이 했다고 말할 녀석이다. 그렇다면 무슨 이유에서 그녀가 행방불명된 것일까.

"그런데 여기서 문제가 생겼습니다. 제2 황녀님의 친우인 이바나 디 엘로이님과 독살에서 구해 낸 도서관 사서도 같이 사라졌다고 합니다."

"세 명이 한꺼번에 사라졌다고?"

가벨은 상당히 수상쩍은 것을 느꼈다. 전부 탑주에게 가르침을 받고 있으며 엘리즈와 가까운 사이이다. 또한 아루스와도 어느 정도 친분이 있는 자들이기도 했다.

'그들이 아루스를 돕는다고 쳐도, 할 수 있는 것이 많지 않을 텐데?'

아루스가 탈출할 때에 그들이 사라지니 의심이 안 들 수 없었다. 그런 생각을 하면서 가벨이 물었다.

"탑주의 반응은?"

"너무 갑작스러운 일이라 혼란스러운 듯 보였습니다. 말도 없이 제자들이 행방불명되었으니 충격이 큰 모양입니다."

"그중 한 명은 자신의 손녀이기도 하고 말이지."

매그널 백작은 고개를 주억이며 말을 이었다.

"탑주가 직접 명령을 내려 그들이 언제, 어디로 사라진 것인지 구체적으로 조사하고 있다고 합니다. 세인브리트 마탑도 보통 난리가 아닙니다."

"알았다. 내일 아침 세인브리트 마탑주를 찾아가 연계하여 조사에 착수하도록 하라."

"예, 황자 전하!"

매그너 백작이 침소 밖으로 나간다. 그가 나가자 순식간에 그의 침소가 침묵으로 감싸였다. 가벨이 턱에 손을 얹었다.

'이게 단지 우연일까?'

우연이라고 하기에는 시기가 너무나도 공교롭다. 가벨만 그런 것이 아니다. 가론도 말하고 있지는 않지만 열심히 머리를 굴리고 있었다. 엘리즈 황녀도, 탑주의 손녀도, 도서관 사서도 분명 아루스와 연관되어 있다고 판단했다.

*　　　*　　　*

발렌은 자신이 가진 돈을 써서 말과 마차를 구입해 상인으로 위장했다. 30골드 가까이 있던 돈이 말과 마차 구입에 반절 이상을 소모하게 되었다. 그것뿐만 아니라 발렌은 완벽히 상인으로 위장하기 위해서 상품까지 구입해 짐칸에 전부 실었다. 짐칸에는 상품도 있었지만, 아루스와 엘리즈도 있었다. 남들의 눈에 띄지 않고 이동해야 하기 때문에 천막으로 완전히 덮어 그들이 보이지 않게 한 것이다.

"그나저나 황자 전하의 현상금이 엄청나네요."

발렌은 수배서를 보고 기가 찬 얼굴이었다. 아루스에게 붙은 현상금이 무려 500골드나 되었기 때문이다. 이 정도면 바올라 제국 역사상 최고 현상금이라고 해도 과언이 아닐 정도였다. 500골드면 세인브리트에 저택을 구입하고도 평생 놀고먹을 수 있는 돈이기 때문이다. 귀족들에게도 결코 적은 돈이 아니라는 소리이다.

"그나저나 이제 정말 큰일 났네요. 도서관장님하고, 탑 주님도 우리가 사라졌다는 것을 들었을 테니까요."

이바나도 그렇지만, 엘리즈와 발렌도 어디에 간다는 말 없이 나온 것이다. 그들에게 어디를 간다고 말하면 분명 조사가 진행될 것이기에 말하지 않은 것도 있었다. 그것이 내심 걸렸다.

"이거 해고되어도 이상할 게 없는 것 같은데……."

혼잣말을 하던 발렌이 땅이 꺼지도록 한숨을 내쉬었다. 그가 혼잣말한 그대로 직장에서 해고되어도 할 말이 없기 때문이다. 말도 안 하고, 도망쳤으니 해고되는 게 당연한 것이다. 이 일이 끝나고 나서 뒷일은 어떻게 해야 할지 난감하기도 했다. 벌써부터 후에 해야 할 일에 머리가 복잡해졌다. 발렌에게 있어 정말 신경을 많이 써야 할 중요한 문제인데, 정작 똑같은 일을 벌이고도 아무 생각도 하지 않는 사람도 있었다.

"추워."

바로 이바나였다. 탑주의 손녀인 그녀라면 더 신경 써야 할 일이 아닌가 싶다. 지금 그들은 나라에서 정한 대역 죄인의 탈출을 돕고 있는 것이니까. 이바나도 그걸 생각 안 하고 따라나서기로 한 것은 아닐 것이다.

이것을 감수하면서라도 자신들을 도우려는 것이었다. 정확히는 발렌이 또 바보같이 혼자서 해결하려는 것을 보고 나서 준 것 같지만…… 그래도 쉽지 않은 일임은 확실하다.

'그런데 정말 아예 신경을 안 쓰는 건가?'

나중에 일이 잘 되면 몰라도, 잘못되면 그녀의 가문에 먹칠을 하는 일이나 다름이 없다. 그녀도 이 결정이 도박성이 강하다는 걸 모르지는 않을 것이다.

그럼에도 그녀는 추위에 덜덜 떨면서 고삐를 쥔 채 마차를 몰고 있었다. 발렌이 말을 모는 방법을 몰라 이바나가 할 수밖에 없는 것이다. 그녀는 추위에 벌벌 떨면서 발렌의 옆으로 바짝 다가왔다.

평소 입고 있던 세인브리트 마탑의 마법사 로브는 입지 않았다. 방한이 되는 그 로브는 눈에 너무 띄기 때문이다. 최소한 안전한 동부 영지에 진입할 때에 입어야 했다. 발렌과 다르게 이바나는 세기어 왕국에서 사 둔 모피 옷이 없었다.

이유를 들자면 그곳에서 구입할 필요성이 없었기 때문이다. 세기어 왕국에서도 세인브리트 마법사 로브를 입은 그녀다. 한 벌로도 추위를 충분히 막아 줬기에 사 두지 않은 것이다. 다행이라면 발렌이 여러 벌 구입해 그녀도 비교적 두껍게 입었다는 것이다.

"이바나 씨는 추위에 약하시네요."

"네가 세인브리트 마법사 로브를 매일 입어 봐. 너도 이렇게 될 거라고 장담할 수 있어."

추위나 더위도 버틸 수 있는 마법사 로브. 적정한 온도로 유지해 주기 때문에 추위는 물론 더위에도 약해질 수밖에 없었다. 발렌은 어깨를 으쓱이며 모르는 척했다.

'감시초소?'

바센트 산맥으로 가는 길목이다. 동부 영지로 가는 길은 발렌의 고향인 아올란 마을을 지나가야 했다. 감시초소가 있기는 했지만, 수도에서 나온 지 얼마 되지 않았는데 벌써 나온 것에 놀랐다.

'아루스 황자 전하의 일 때문이로군.'

밖으로 빠져나가려는 것을 막기 위해 병력들이 쫙 깔린 것이다. 평소와 다르게 매우 신속한 대응에 발렌이 혀를 내둘렀다. 감시초소의 경비병이 잠시 멈추라는 듯이 손을 흔들고 있었다.

"어떻게 할까? 돌파할까?"

이바나가 감시초소를 보고 그 생각을 먼저 했다. 발렌은 고개를 저었다.

"아뇨, 그러면 더 의심할 테니까 일단 응하죠."

굳이 처음부터 추적을 당할 필요는 없지 않은가. 이를 위해서 상인으로 위장한 것이기도 했다. 돌파하는 건 들키고 난 후이다. 마차가 감시초소 옆에 멈춰 서고 경비대장이 그들에게 다가왔다.

"수고가 많네. 자네들은 여행객인가?"

"아니요, 저희는 상인입니다."

"처음 보는 자들인데? 자네들의 국적은 무엇이고, 어떤 관계이고, 어느 길드 소속인가?"

상인들이 뭉친 길드도 다수 존재했다. 발렌은 유독 조사하는 것이 많다는 생각을 저버리지 못한 채 최대한 긴장을 낮추며 대답했다.

"저희는 둘 다 바올라 제국 사람이고, 부부이고, 어느 길드 소속도 아닙니다. 이번에 밑천을 마련해서 처음으로 마차를 끌고 멀리까지 상품을 팔러 가는 초보 상인입니다."

"……?!"

이바나가 부부라는 말에 놀란 얼굴로 발렌을 바라본다. 발렌은 제발 티 내지 말고 가만히 있으라고 속으로 외쳤다.

다행히 경비대장은 발렌을 응시하고 있어 이바나의 표정을 보지 못했다.

"그렇군. 목적지는 어딘가?"

"엔더크 남작가, 벨루나 남작가, 마덴 남작가입니다."

"어디에 있는 영지인가?"

이 나라가 너무 넓고, 영지도 많다 보니 경비대장이라도 하나하나 다 알기 힘들었다.

"동부 변방 영지인데, 센티스 백작가 옆에 붙어 있는 영지들입니다."

"그렇군."

센티스 백작가는 잘 아는 듯 경비대장이 고개를 주억였다. 그러고는 천막으로 가려진 마차 뒷부분을 가리켰다.

"짐칸에는 무엇이 들어 있나?"

"기름과 천입니다."

"그럼 그쪽에서 판 물품으로 광물을 구입하려는 게로군."

발렌이 미소를 지으며 고개를 끄덕였다. 경비대장은 딱 무난한 상품을 취급하고, 여느 상인과 다르지 않다 싶어 의심하지 않았다. 경비대장이 짐칸을 가리켰다.

"최근 불미스러운 일이 있어서 그런데 안을 확인하겠네."

안을 확인하겠다고 하자 깜짝 놀란 이바나. 발렌이 긴장된 표정으로 고개를 끄덕였다. 경비대장이 짐칸의 천막을 풀며 곧 안을 살폈다. 그의 말대로 기름과 천으로 가득했다. 이럴 줄 알고 아루스와 엘리즈가 있는 곳에 짐을 잔뜩 놓아둔 것이다. 그러나 경비대장은 그것에 뭔가 이상하다는 느낌이 들었다.

다른 곳에 둘 수 있는데도 짐이 너무 몰려 있는 것 같았다. 경비대장이 안으로 들어가 짐을 걷어 내자 발렌이 동요하기 시작했다. 그는 주머니에 손을 찔러 넣어 완드를 붙잡았다. 경비병들은 마차 주변을 확인하고 있었다. 경비대장이 몇 번 짐을 걷어 내자 작은 공간이 나왔다. 그곳에 웅크려 숨어 있는 아루스와 엘리즈를 볼 수 있었다.

"당신들은……."

경비대장의 눈이 휘둥그레졌다. 금발은 가진 이는 많지만, 에메랄드빛 눈동자를 가진 이는 이 나라에 하나의 핏줄밖에 없다. 황족. 경비대장은 너무도 쉽게 아루스와 엘리즈를 알아본 것이다.

'칫!'

발렌이 마법을 사용해 그들을 잠재우려고 할 때였다. 경비대장이 아루스를 향해 고개를 숙이며 경례를 하더니 걷어 낸 천막을 꽉 조였다. 경비대장이 부하들에게 소리쳤다.

"여기는 이상 없다. 통과!"

"……!"

경비대장의 말에 발렌의 눈이 커졌다. 경비대장은 그런 발렌에게 고개를 주억이며 작게 미소를 보였다.

"최근 불미스러운 일로 길 곳곳에 감시초소가 세워졌네. 하지만 바센트 산맥에는 좁은 길이 많이 있지. 길이 가파르고 낭떠러지도 몇몇 있지만 말을 조심히 몰면 안전하게, 그리고 빠르게 목적지까지 갈 수 있을 게야."

처음 걸린 감시초소는 운이 좋게도 경비대장이 아루스를 지지하여 그냥 보내 주는 거지만, 다른 초소는 어떻게 될지 모른다. 때문에 경비대장은 일부러 감시초소가 세워지지 않으면서도 지름길인 곳을 알려 주는 것이다. 발렌은 경비대장을 보고 놀라면서도 감사함을 느꼈다.

"감사합니다."

"아니네. 목적지까지 조심히 가게나."

경비대장은 부하들을 다시 경계시키고 초소 안으로 들어갔다. 이바나는 긴장이 풀렸는지 안도의 한숨을 내쉬며 고삐를 잡고 다시 마차를 몰았다. 감시초소에서 멀어지자 이바나와 발렌이 동시에 몸이 늘어졌다.

"깜짝 놀랐네."

"일부러 보내 주리라고 생각도 못 했지만, 들켰을 때 심장이 멈추는지 알았어요."

아루스에 대한 민심이 좋다는 것이 이렇게 감사하게 작
용될 줄이야. 들켰어도 발렌이 슬립 마법으로 잠재우면 그
만이기는 했으나, 시간문제이다. 그들의 행선지가 동쪽이
라는 것을 알게 되면 추적자가 순식간에 불어날 테니까. 엘
리즈가 마부석과 연결된 문틈으로 슬쩍 고개를 내밀었다.

"오라버니를 도우려는 사람들도 많은 것 같아. 하지만
안심하지 말자. 현상금 사냥꾼은 어디에도 있으니까. 평범
하던 농민도 갑자기 현상금 사냥꾼으로 돌변할 수 있으니
까."

500골드라는 거금의 현상금이 붙어 있으니 누구라도 눈
에 불을 켜고 달려들 것이 분명했다. 경비대장은 다행히 거
금의 현상금이 붙었어도 아랑곳하지 않았지만, 다른 이들
은 어찌 될지 모른다.

발렌과 이바나는 고개를 주억이며 다시 마차를 몰았다.
바올라 제국의 역사가 역동적으로 움직이기 시작한다.

〈다음 권에 계속〉